CONTOS DE SUSPENSE

Histórias para congelar seu sangue

CONTOS DE SUSPENSE

Histórias para con gelar seu sangue

Edgar Allan Poe

H. P. Lovecraft

Phil Robinson

Ambrose Bierce

H. G. Wells

TRADUÇÃO E ORGANIZAÇÃO
MARTHA ARGEL E ROSANA RIOS

ILUSTRAÇÕES
SAMUEL CASAL

Copyright © 2014 do texto: Rosana Rios e Martha Argel
Copyright © 2014 das ilustrações: Samuel Casal
Copyright © 2014 by The Literary Executors of the Estate of HG Wells
Copyright © 2014 da edição: Farol Literário

DIRETOR EDITORIAL:	Raul Maia Jr.
EDITORA DE LITERATURA:	Eliana Gagliotti
	Daniela Padilha
ASSISTENTE EDITORIAL:	Camila Lins
	Jessika Mascarenhas
REVISÃO DE PROVAS:	Carmen Costa
ILUSTRAÇÕES E CAPA:	Samuel Casal
PROJETO GRÁFICO:	Mauro C. Naxara
	Vinicius Rossignol

Texto em conformidade com as novas regras ortográficas
do Acordo da Língua Portuguesa

Dados Internacionais de Catalogação na Publicação (CIP)

Contos de Suspense: histórias para congelar seu sangue / organização e tradução [de] Rosana Rios, Martha Argel; ilustrações [de] Samuel Casal. — São Paulo: Farol Literário, 2014.

Conteúdo: A caixa oblonga / Edgar Allan Poe -- A fera na caverna / H. P. Lovecraft -- A árvore comedora de gente / Phil Robinson -- O homem e a serpente / Ambrose Bierce -- O tesouro na floresta / H. G. Wells.

ISBN 978-85-8277-063-4

1. Literatura. 2. Histórias de terror. 3. Literatura – suspense. I. Rios, Rosana, org. II. Argel, Martha, org. III. Casal, Samuel, il. IV. Título.

C232   CDD 808.899282

1ª edição

Farol Literário
Uma empresa do Grupo DCL – Difusão Cultural do Livro
Av. Marquês de São Vicente, 1619 – 26º andar – CJ. 2612 – Barra Funda
CEP 01139-003 – São Paulo – SP
Tel.: (0xx11) 3932-5222
www.farolliterario.com.br

SUMÁRIO

I A CAIXA OBLONGA, 13

II A FERA NA CAVERNA, 31

III A ÁRVORE COMEDORA DE GENTE, 43

IV O HOMEM E A SERPENTE, 57

V O TESOURO NA FLORESTA, 69

Os autores, 81

As tradutoras e organizadoras, 94

O ilustrador, 95

APRESENTAÇÃO

As histórias de suspense atraem os leitores com sua mescla de tensão, medo, crueldade e mistério. Tramas insolúveis, assassinatos, situações inusitadas em que os personagens são submetidos a grandes pavores e incertezas – tudo isso parece fascinar as pessoas, desafiando-lhes o raciocínio e causando arrepios de terror.

As histórias de suspense existem há séculos. Os mitos, narrativas primordiais da humanidade, já traziam situações misteriosas, perigos indescritíveis, deuses cruéis e criaturas espantosas. Os contos de fadas, sucedâneos dos mitos, estavam também repletos de tais elementos perturbadores em suas versões originais; tanto que, com o passar do tempo, foram sendo suavizados por adultos preocupados em não aterrorizar as criancinhas. Mas o que esses adultos tão bem-intencionados nunca perceberam é que o interesse de quem ouvia ou lia as histórias era despertado justamente pelo inesperado, o apavorante, o medo crescente que elas traziam.

Sabemos que o medo é a mais forte e primitiva das nossas emoções, e talvez por isso sejamos atraídos o tempo todo para tudo aquilo que nos amedronta. Outra explicação para a grande procura pelas histórias de suspense é a ideia de que, ao lidarmos com situações desafiadoras e assustadoras no mundo da ficção, aprendemos inconscientemente a lidar com os medos que nos assaltam no mundo real.

Segundo os dicionários, a expressão *suspense* vem do inglês e refere-se aos momentos de tensão no enredo de filmes, peças e livros. Desde os tempos das tragédias gregas, 2.500 anos atrás, existia o chamado "suspense dramático". Já a literatura de suspense e mistério nasceu mais recentemente, durante o Romantismo, no século XVIII.

Pode-se considerar que a literatura de suspense nasceu com os romances de horror. Foi o escritor inglês Horace Walpole que inaugurou esse gênero literário fascinante; seu romance *O castelo de Otranto* (1764), dramático e com elementos fantásticos, deu origem à literatura gótica, que pelas décadas seguintes se tornou um enorme sucesso na Europa. Segundo a professora Nelly Novaes Coelho, com o tempo os romances góticos se diversificaram, surgindo o romance de aventuras urbanas e sinistras, o romance de mistério (que originou, entre outros, o romance policial) e o romance de imaginação (que depois viria a constituir a literatura fantástica)[1].

E até hoje os leitores jovens continuam adorando enredos que fazem prender a respiração: o que acontecerá na cena seguinte? Nessa linha, obras de autores como Edgar Allan Poe e H. P. Lovecraft se tornaram clássicas, abrindo caminho para escritores modernos, que têm um público fiel, ávido por leituras que despertam seus medos mais primitivos. Hoje, como em séculos passados, muita gente encontra na literatura de suspense e mistério uma porta de entrada para o apaixonante mundo da leitura.

Para este livro, reunimos narrativas antigas primorosamente escritas e, claro, assustadoras. Ao mergulharmos nos contos do passado, fica evidente sua influência sobre a literatura moderna; por isso, também este volume tem como um de seus objetivos trazer ao leitor um pouco da riqueza literária de tempos idos. Optamos, de início, pela prosa em língua inglesa; selecionamos textos de autores bem conhecidos, mesclando-os aos de autores hoje menos traduzidos. Se Lovecraft e Poe ainda são bastante publicados, poucos são os leitores jovens que conhecem Ambrose Bierce e Phil Robinson. Quanto a H. G. Wells, embora mais conhecido por suas narrativas de ficção científica, também se dedicou ao conto fantástico e de suspense.

---

[1] Coelho, Nelly Novaes. *Literatura & Linguagem: a obra literária e a expressão linguística*. Petrópolis, RJ: Vozes, 1993, p. 164.

Como dissemos no volume anterior, para a crítica literária contemporânea, a escrita de horror, assim como a policial e de suspense, é um gênero "menor". Mas o que pouca gente sabe é que a maioria dos autores ditos "clássicos" se dedicou a ele. Raros são os nomes da história da literatura que não compuseram contos tenebrosos, que mexiam com os medos de quem os lia. A partir do século XVIII, e com mais vigor no século XIX e princípios do XX, multiplicaram-se em inúmeras línguas as histórias capazes de enregelar o leitor e fazer palpitar seu coração.

Mais uma vez, em nossa tradução, procuramos evitar a armadilha na qual outros tradutores muitas vezes se veem presos: a tradução pura e simples dos termos, mantendo as frases em sua construção original. Não só inglês e português têm estruturas bem diferentes entre si, como em muitos contos o estilo é tortuoso e complexo, repleto de floreados e inversões. Assim, em vez de buscarmos uma fidelidade um tanto inútil à forma original, tentamos captar o sentido e as sensações que o autor queria transmitir, recriando-os na tradução, e priorizando a fluidez do texto e a compreensão da história.

Pareceu-nos importante, ainda, "decifrar" as inúmeras referências feitas a pessoas, obras, locais e acontecimentos, e fornecer informações que permitissem ao leitor de hoje compreender sua função dentro da narrativa. No século XIX era comum, e até apreciado, que os escritores demonstrassem sua cultura com inúmeras citações ao longo do texto, que o leitor igualmente culto compreenderia. Passadas tantas décadas, essas menções se tornaram obscuras e quase impossíveis de entender. O mesmo pode ser dito de expressões idiomáticas e referências culturais, de amplo conhecimento na época, mas hoje desaparecidas.

Assim, optamos por trabalhar com notas de rodapé, reunindo explicações que de certa forma aproximassem o leitor do texto e das impressões que o autor pretendia causar em quem o lesse. O resultado foi fascinante, pois traça um panorama da época vivida pelos escritores e evidencia como era diversificado o leque de interesses e de assuntos que um intelectual devia dominar à época: não apenas as artes e a filosofia, mas também línguas clássicas, ciências biológicas e exatas, história, geografia, política, arqueologia, antropologia, mitologia e até os princípios das últimas invenções tecnológicas.

Este segundo volume, portanto, assim como o primeiro, foi além do simples objetivo de manter os leitores em suspense, com narrativas que nos causam arrepios de medo. Também fizemos uma homenagem aos escritores a quem a Literatura tanto deve.

Acabamos tecendo um painel multidisciplinar de uma época cuja vida cultural era efervescente e rica. Esperamos que os leitores apreciem este painel e percebam como os autores que selecionamos aqui tiveram o cuidado de construir cada mistério aos poucos, escolhendo as palavras que iriam, lentamente, aterrorizar o leitor. E, por via das dúvidas, sugerimos que leiam estes contos enrolados em um cobertor ou agasalho quentinho. Certas histórias terão o poder de congelar o seu sangue!

Martha Argel e Rosana Rios

I

A CAIXA OBLONGA

Edgar Allan Poe

Alguns anos atrás, comprei uma passagem para viajar de Charleston, Carolina do Sul, até a cidade de Nova York, no belo paquete *Independence*[2], sob o comando do capitão Hardy. O veleiro deveria partir, caso o tempo permitisse, no dia quinze de junho; assim, no dia anterior subi a bordo para acertar algumas questões em minha cabine.

Descobri que haveria um grande número de passageiros, incluindo mais senhoras do que de costume. Na lista havia vários conhecidos meus e fiquei feliz em ver, entre os nomes, o do sr. Corne-

---

[2] O paquete *Independence* realmente existiu; na época em que o conto foi escrito, era famoso por sua velocidade.

lius Wyatt, um jovem artista por quem eu sentia grande apreço. Havíamos sido colegas na universidade, onde andávamos sempre juntos. Ele tinha um temperamento de gênio, um misto de misantropia³, sensibilidade e entusiasmo. A essas qualidades ele juntava o coração mais caloroso e sincero que já bateu em um peito humano.

Observei que seu nome estava marcado em três cabines e, voltando a consultar a lista de passageiros, descobri que havia reservado passagens para si, a esposa e duas irmãs. As cabines eram suficientemente espaçosas, e cada uma tinha um beliche. Claro, os leitos eram muito estreitos, e não acomodariam mais do que uma pessoa. Ainda assim, eu não podia compreender por que havia três cabines para essas quatro pessoas. Por essa época, eu estava em um daqueles estados de espírito que tornam uma pessoa mais curiosa acerca de qualquer detalhe. E confesso, envergonhado, que me ocupei em tecer diversas conjecturas impertinentes e extravagantes sobre a questão da cabine excedente. Não era assunto meu, claro, mas isso não diminuiu a teimosia com que me dediquei às tentativas de solucionar o enigma. Por fim, cheguei a uma conclusão que me deixou espantado por não ter me ocorrido antes.

– Claro, um serviçal – disse eu. – Que idiota sou, não ter pensado antes em uma solução tão óbvia.

E então verifiquei a lista de novo, mas constatei que nenhum criado embarcaria com o grupo, embora, de fato, tivesse sido o plano original trazer um: as palavras "e serviçal" haviam sido escritas e depois riscadas.

– Ah, bagagem extra, com certeza – disse eu então, para mim mesmo. – Algo que ele não quer que viaje no compartimento de bagagens, algo que quer manter sob suas vistas... Ah, já sei! Um quadro ou algo assim. Era isso que ele andava negociando com Nicolino, o judeu italiano.

---

³ *Misantropia* é a aversão aos seres humanos como um todo. Não é a antipatia por determinadas pessoas, mas por toda a humanidade e pela natureza humana. Por isso, as pessoas que não gostam de gente são chamadas de "misantropos".

Esta ideia me satisfez, e pus de lado minha curiosidade por algum tempo.

Eu conhecia muito bem as irmãs de Wyatt, duas moças agradáveis e inteligentes. Ele tinha se casado fazia pouco tempo, e eu nunca tinha visto sua esposa. Com frequência ele a mencionara em minha presença, porém, com seu entusiasmo costumeiro. Ele a descrevia como tendo beleza, perspicácia e habilidades fora do comum. Eu estava, assim, bastante ansioso para conhecê-la.

No dia em que visitei o navio (o dia catorze), Wyatt e seu grupo também o visitariam, como me informou o capitão, e esperei a bordo uma hora a mais do que havia planejado, na esperança de ser apresentado à noiva. Mas então veio um pedido de desculpas. A sra. W. estava um pouco indisposta, e não viria a bordo até o dia seguinte, à hora da partida.

O dia seguinte chegou, e eu estava indo do hotel para o embarcadouro quando o capitão Hardy veio ao meu encontro e disse que "devido às circunstâncias" (uma frase estúpida, mas conveniente) ele achava que o *Independence* não partiria por um ou dois dias. Quando tudo estivesse pronto, ele mandaria alguém me avisar. Achei tudo isso estranho, pois havia um vento constante de sul[4]. Mas como "as circunstâncias" não eram favoráveis, embora eu tentasse com muita persistência descobrir o porquê disso, não tinha mais nada a fazer a não ser voltar ao hotel e digerir minha impaciência à vontade.

Não recebi a tão esperada mensagem do capitão por quase uma semana. Afinal ela veio, porém, e fui imediatamente para bordo. O navio estava lotado de passageiros, e a agitação era total, na expectativa da partida. O grupo de Wyatt chegou cerca de dez minutos depois de mim. Eram as duas irmãs, a esposa e o artista, este último em um de seus costumeiros ataques de melancólica misantropia. Mas eu já estava bem acostumado a tais ataques, e não lhes prestava qualquer aten-

---

[4] Os atrasos eram muito comuns nas viagens de navio durante o século XIX; mas, embora as partidas nem sempre fossem pontuais, isso não costumava acontecer com os paquetes. É esse o motivo pelo qual o narrador do conto fica intrigado com o atraso do *Independence*.

ção especial. Ele nem mesmo me apresentou a sua esposa, a cortesia recaindo forçosamente sobre sua irmã Marian, uma jovem muito doce e inteligente que, com algumas poucas palavras apressadas, fez as apresentações.

A sra. Wyatt estava bem oculta detrás de um véu, e quando ela o ergueu, ao responder a minha reverência, confesso que senti um profundo espanto. Deveria ter ficado até mais assustado, porém, a experiência já me ensinara a não confiar demais nas descrições entusiásticas de meu amigo, o artista, quando ele se entregava a comentários sobre os atrativos de uma dama. Quando o tema era beleza, eu sabia muito bem com que facilidade ele se elevava às alturas da pura idealização.

A verdade era que eu não podia evitar considerar a aparência da sra. Wyatt como decididamente desinteressante. De fato, não estava longe de ser feia. Ela se vestia, porém, com um gosto apurado, e não tive dúvidas de que havia conquistado o coração de meu amigo pelos dons mais duradouros do intelecto e da alma. Ela disse umas poucas palavras, e de imediato entrou na cabine com o sr. W.

Minha velha curiosidade retornou. Não havia criadagem; esse ponto estava bem claro. Fiquei atento, então, para qualquer bagagem extra. Passado algum tempo, uma carroça chegou ao ancoradouro, com uma caixa oblonga[5] de pinho, e nada mais. Logo após a entrega o veleiro partiu, e em pouco tempo já estávamos fora da barra e dirigindo-nos para mar aberto.

A caixa em questão era, como eu disse, oblonga. Tinha cerca de um metro e oitenta de comprimento por oitenta centímetros de largura. Eu a observei com atenção, e gosto de ser preciso. Seu formato era peculiar, e assim que a vi, felicitei-me pela exatidão de minhas conclusões. Eu deduzira, como deve ser recordado, que a bagagem extra de meu amigo, o artista, seriam pinturas, pelo menos um quadro. Sabia que ele passara várias semanas em conversações com Nicolino. E ali estava

---

[5] *Oblongo* significa "de forma alongada", mais comprido do que largo.

agora uma caixa que, pela forma, não poderia conter nenhuma outra coisa do mundo senão uma cópia da *Última Ceia*, de Leonardo[6]; já fazia algum tempo que eu sabia que Nicolino possuía uma cópia desse quadro, pintada por Rubini, o moço, em Florença[7]. Considerei o assunto, portanto, definitivamente resolvido. Dei uma risadinha satisfeita ao pensar em minha própria astúcia. Era a primeira vez que eu tomava conhecimento de que Wyatt escondia de mim algum segredo artístico; mas estava bem evidente que ele queria me passar a perna, e contrabandear uma bela pintura para Nova York, debaixo do meu nariz, sem que eu notasse. Decidi que dali por diante iria interrogá-lo com afinco.

Uma coisa, porém, incomodava-me, e muito. A caixa não viajou na cabine extra. Foi depositada na própria cabine de Wyatt, e lá ficou, ocupando praticamente todo o espaço livre e, sem dúvida, causando grande incômodo ao artista e a sua esposa. Ainda por cima, dela emanava um odor forte, desagradável e, para meu gosto, especialmente nauseante. Esse cheiro era proveniente do alcatrão ou tinta com que estavam escritas, na tampa, as seguintes palavras: *Para a Sra. Adelaide Curtis, Albany, Nova York. Aos cuidados de Cornelius Wyatt, Esq[8]. Este lado para cima. Manuseie com cuidado.*

Bem, eu sabia que a sra. Adelaide Curtis, de Albany[9], era a mãe da esposa do artista, mas interpretei aquele endereçamento como pura tapeação, visando especialmente me enganar. Eu estava convencido, claro, de que a caixa e seu conteúdo nunca iriam

---

[6] *A Última Ceia*, quadro do famoso pintor e inventor italiano Leonardo da Vinci (1452-1519), é uma das obras de arte mais conhecidas do mundo. Naquela época, em que não havia boas impressões em cores, os quadros pintados por artistas hábeis, reproduzindo obras-primas, eram valiosos e disputados. O original de Leonardo, pintado na parede de um convento de Milão, na Itália, tem formato alongado, medindo 4,6 por 8,8 metros (bem maior, portanto, que a caixa descrita pelo narrador).

[7] Poe provavelmente inventou esse pintor.

[8] *Esq* é a abreviatura de *Esquire* (em inglês, "escudeiro"), um título de respeito que indica um cavalheiro de alta classe social.

[9] Capital do estado de Nova York, situada cerca de 240 km a norte da cidade de Nova York.

mais a norte do que o estúdio de meu misantrópico amigo, na rua Chambers[10], em Nova York.

Pelos primeiros três ou quatro dias tivemos bom tempo, embora o vento viesse bem de frente, tendo mudado de direção e passado a soprar para norte logo depois que perdemos de vista a costa. Os passageiros estavam, portanto, de bom humor, e dispostos a socializar. Wyatt e as irmãs, porém, eram exceções, e comportavam-se de forma rígida, o que me pareceu, inclusive, descortês para com os demais. No caso de Wyatt, tal fato não me causou muita estranheza; estava sombrio, muito mais até do que era normal para ele, mas dele eu esperaria qualquer excentricidade. Quanto a suas irmãs, porém, não havia desculpa. Elas se trancaram em sua cabine durante a maior parte do percurso e, apesar de minha insistência, recusaram-se terminantemente a ter qualquer contato com as pessoas a bordo.

Já a sra. Wyatt estava sendo muito mais agradável. Mais ainda, ela conversava com todo mundo. E, no mar, ser comunicativo é uma qualidade apreciável. Ela fez amizade com a maioria das damas e, para meu profundo espanto, demonstrou uma evidente inclinação a flertar com os homens. Todos nos divertíamos muito com ela. Usei o verbo "divertir", e não sei bem como explicar-me. A verdade é que muito depressa descobri que era mais comum que os passageiros rissem da sra. W. do que com ela. Os cavalheiros nada falavam a seu respeito; mas as damas em pouco tempo declararam que era "um bom coração, com aparência um tanto comum, totalmente inculta e decididamente vulgar". A grande questão era como Wyatt tinha-se deixado aprisionar em tal casamento.

A explicação mais aceita era de que havia dinheiro envolvido, mas eu sabia que isso não era correto; o próprio Wyatt havia me contado que ela não lhe trouxera um tostão sequer e que não tinha a perspectiva de receber dinheiro de qual-

---

[10] Importante rua de Manhattan, o principal *borough* (região administrativa) da cidade de Nova York.

quer procedência que fosse. Ele tinha casado, dissera-me, "por amor, e apenas por amor", e sua esposa mais do que merecia todo o amor que ele sentia. Ao pensar em tais afirmações por parte de meu amigo, confesso que me sentia incrivelmente confuso. Seria possível que ele estivesse perdendo o juízo? Que mais poderia eu pensar? Ele, tão refinado, tão intelectual, tão minucioso, com uma percepção tão aguda dos defeitos e uma apreciação tão desenvolvida da beleza! Claro, a dama parecia ter um afeto muito grande por ele, particularmente quando ele estava ausente. Nesses momentos, ela se expunha ao ridículo, citando vezes e mais vezes o que "seu amado marido, o sr. Wyatt", havia dito. A palavra "marido" parecia estar sempre, para usar uma de suas expressões delicadas, "na ponta da língua". Ao mesmo tempo, todos a bordo observaram como ele a evitava de maneira ostensiva, na maior parte do tempo mantendo-se a sós em sua cabine, onde se pode dizer que ele passou a morar, dando a sua esposa plena liberdade de distrair-se como bem entendesse, em companhia dos outros no salão principal.

Minha conclusão, a partir do que eu via e ouvia, era que o artista, por algum golpe inexplicável do destino, ou talvez em algum arroubo de paixão entusiasmada e voluntariosa, vira-se induzido a unir-se a uma pessoa inferior a si, e que o resultado natural, uma ojeriza total e imediata, fizera-se sentir. Compadecia-me dele do fundo de meu coração, mas não seria por isso que iria perdoá-lo por não me dizer nada sobre *A Última Ceia*. Por isso resolvi me vingar.

Um dia ele veio ao convés e, tomando seu braço como era de meu costume, caminhamos juntos lentamente, para cima e para baixo. Seu ânimo sombrio, porém (que eu considerava muito compreensível, dadas as circunstâncias), parecia inalterado. Ele pouco falou, e o fez de má vontade, com esforço evidente. Arrisquei um gracejo ou dois, e ele exibiu uma tentativa sofrível de sorriso.

Pobre sujeito! Quando pensei em sua esposa, admirei-me por ele ao menos tentar fingir algum bom humor. Decidi dar início a uma sequência de insinuações veladas sobre a caixa oblonga, apenas para fazer com que ele notasse que eu não estava sendo enganado por sua pequena farsa. Meu primeiro comentário pretendeu abrir caminho para um ataque velado. Disse algo sobre "o formato peculiar da caixa" e, ao dizer isso, dei um sorriso de quem sabe das coisas, pisquei o olho e cutuquei-o de leve nas costelas com o indicador.

O modo como Wyatt recebeu esta brincadeira inofensiva convenceu-me, de imediato, que ele estava louco. A princípio ele me encarou como se lhe parecesse impossível compreender o significado oculto de minha observação; mas à medida que a compreensão pareceu penetrar-lhe no cérebro, seus olhos na mesma proporção pareceram saltar das órbitas. Então ele ficou muito vermelho; depois horrendamente pálido; e a seguir, como se o que eu tinha insinuado fosse muitíssimo engraçado, começou a rir, uma gargalhada alta e barulhenta que, para meu espanto, prolongou-se, com vigor cada vez maior, por dez minutos ou mais. Ao final, ele desabou de comprido no convés. Quando corri para ajudá-lo, ele tinha toda a aparência de estar morto.

Pedi ajuda e, com muita dificuldade, ele voltou a si. Depois de reanimado, disse coisas incoerentes durante algum tempo. Por fim, fizemos-lhe uma sangria[11] e o colocamos na cama. No dia seguinte, pareceu estar recuperado, ao menos no que dizia respeito à mera saúde física. Não me refiro a seu estado mental, claro. Afastei-me de Wyatt pelo resto da viagem, a conselho do capitão, que pareceu concordar comigo quanto à insanidade de meu colega de viagem, mas alertou-me para não mencionar o assunto com outras pessoas a bordo.

---

[11] *Sangria* é a retirada de grande quantidade de sangue de uma pessoa, com fins medicinais. Durante mais de 2 mil anos, da Antiguidade ao século XIX, a sangria foi usada no tratamento de uma variedade imensa de enfermidades, entre as quais ataque cardíaco, asma, câncer, cólera, diabete, epilepsia, indigestão, insanidade, pneumonia e tuberculose! Sabe-se hoje, porém, que a sangria é inútil nesses casos, e na grande maioria das vezes fazia ao paciente mais mal do que bem.

Várias circunstâncias ocorreram logo em seguida a esse ataque de Wyatt, e que contribuíram para aumentar a curiosidade que já me possuía. Entre outras coisas, houve esta: eu andava nervoso, talvez por me exceder no consumo de chá verde muito forte, e dormia mal à noite; na verdade, em duas noites não consegui dormir nada. Pois bem, minha cabine abria-se diretamente para a cabine principal, ou salão de jantar, como acontecia com as de todos os homens solteiros a bordo. As três cabines de Wyatt situavam-se na cabine de popa[12], separada da cabine principal por uma porta de correr, que nunca era trancada, mesmo à noite. Navegávamos quase o tempo todo à bolina[13], e a força do vento era considerável, por isso o navio inclinava-se bastante para sotavento[14]; e sempre que o lado de boreste[15] estava a sotavento, a porta de correr entre as cabines deslizava e se abria, assim permanecendo, pois ninguém se dava ao trabalho de levantar-se e ir fechá-la. Mas meu leito estava em tal posição que, quando a porta de minha própria cabine estava aberta (o tempo todo, por conta do calor), assim como a já referida porta de correr, eu podia ver muito bem o interior da cabine de popa, justamente a porção onde se situavam as cabines do sr. Wyatt. Bem, durante as duas noites (não consecutivas) em que permaneci desperto, vi com muita certeza que, às onze da noite, a sra. W. deixava cautelosamente a cabine do sr. W. e entrava na cabine extra, onde permanecia até o nascer do dia, quando então era chamada por seu marido e retornava à cabine dele.

Estava claro que eles estavam virtualmente separados. Tinham alojamentos separados, sem dúvida na expectativa de um divórcio permanente. E era esse por fim, pensei, o mistério da cabine extra.

---

[12] *Popa* é a parte de trás de uma embarcação.
[13] *Navegar à bolina* significa navegar com o vento batendo de lado na embarcação, ziguezagueando de modo a avançar em zonas onde ele não é favorável.
[14] *Sotavento* é o lado da embarcação oposto àquele de onde sopra o vento.
[15] *Boreste* é o lado direito do navio, para quem olha em direção à proa (parte da frente da embarcação); também chamado de *estibordo*.

Houve outra circunstância, ainda, que me interessou muito. Durante as mesmas duas noites de vigília, e imediatamente depois de a sra. Wyatt retirar-se para a cabine extra, fui atraído por ruídos abafados e cautelosos vindo da cabine de seu marido. Depois de escutá-los por algum tempo, com muita atenção, afinal consegui interpretar corretamente seu significado. Eram os sons produzidos pelo artista ao abrir a caixa oblonga, utilizando-se de um cinzel e um martelo, este último aparentemente abafado por alguma substância macia de lã ou algodão, que lhe envolvia a cabeça.

Desse modo imaginei poder distinguir o momento preciso em que ele soltava a tampa, e também o instante em que ele a removia, para em seguida depositá-la no leito inferior de seu beliche. Este último detalhe eu sabia, por exemplo, pelas pancadinhas que a tampa fazia ao bater contra as beiradas de madeira do leito, enquanto ele a ajeitava ali com cuidado, por não haver espaço no piso. Depois disso fazia-se um silêncio total, e eu não ouvia mais nada até quase o nascer do dia. Exceto, devo mencionar, um soluçar abafado, um som murmurante, tão baixinho que era quase inaudível; talvez pudesse até mesmo ser produzido por minha própria imaginação. Diria que se parecia a um pranto ou a suspiros, mas, é claro, não poderia ser nada disso. Devia ser apenas um eco em meus próprios ouvidos. O sr. Wyatt devia, sem dúvida, estar se dedicando a um de seus passatempos costumeiros, entregando-se a um arroubo de entusiasmo artístico. Ele abrira sua caixa oblonga para deliciar os olhos com o tesouro pictórico que ela continha. Mas não havia nada nisso que o pudesse fazer chorar. Repito que, portanto, para mim era apenas uma extravagância de minha própria imaginação, perturbada pelo chá verde do bom capitão Hardy. Pouco antes do alvorecer, em ambas as noites às quais me referi, ouvi nitidamente o sr. Wyatt recolocar a tampa da caixa oblonga, e recolocar os pregos no lugar, usando o martelo de som amortecido. Depois de fazer isso, ele saía de sua cabine totalmente vestido e chamava a sra. W. na cabine dela.

Já fazia sete dias que estávamos no mar, e velejávamos ao largo do Cabo Hatteras[16], quando soprou de sudoeste um vendaval fortíssimo. Mas estávamos até certo ponto preparados para ele, pois já fazia algum tempo que o tempo se mostrava ameaçador. Tudo estava em seu lugar e seguro, de cima a baixo. O vento foi ficando mais e mais forte, e por fim navegávamos apenas com a mezena e o velacho, ambos duplamente rizados[17].

Esse velame nos permitiu avançar com segurança por quarenta e oito horas, e o navio demonstrou ser uma embarcação excelente, sob vários aspectos, para viagens marítimas. Ao final desse período, porém, o vento se tornou um furacão, e nossa vela de popa foi estraçalhada, precipitando-nos de tal modo no vale formado entre as ondas que várias delas varreram por cima do convés, uma após a outra. Nesse acidente perdemos três homens, que foram carregados pela água com o fogão do convés e quase toda a amurada de bombordo[18]. Mal conseguimos nos recuperar quando o velacho viu-se reduzido a farrapos, e então abrimos uma vela de estai[19] de tempestade, com a qual prosseguimos muito bem por algumas horas, o veleiro enfrentando o mar com muito mais estabilidade que antes.

A tormenta prosseguia, porém, e não víamos indícios de que cederia. O cordame[20] revelou-se insuficiente, e submetido a um esforço tremendo. E no terceiro dia de tempestade, por volta de

---

[16] O *Cabo Hatteras* é o ponto extremo leste do estado da Carolina do Norte, projetando-se oceano Atlântico adentro, e por isso é um importante ponto de referência para a navegação. É chamado de "Cemitério do Atlântico" devido à grande quantidade de navios que ali naufragaram.
[17] *Mezena* é a vela mais baixa do mastro mais próximo da popa (parte de trás) do navio, e *velacho* é a segunda vela mais baixa do mastro mais próximo à proa (parte da frente). *Vela rizada* é uma vela parcialmente recolhida e portanto com superfície menor; os marinheiros rizam as velas quando o vento é muito forte, pois dessa forma conseguem controlar melhor o barco.
[18] *Bombordo* é o lado esquerdo do navio, para quem olha em direção à proa.
[19] *Vela de estai* é qualquer vela situada diante do mastro da frente (mais próximo da proa). *Vela de estai de tempestade* é uma vela usada apenas durante tempestades.
[20] *Cordame* é o conjunto das cordas que sustentam os mastros e as velas de um veleiro.

cinco da tarde, nosso mastro da mezena[21], num forte solavanco para barlavento[22], partiu-se e caiu amurada afora. Por uma hora ou mais tentamos nos desfazer dele sem sucesso, devido à impressionante movimentação do navio. E antes que conseguíssemos, o carpinteiro veio para a ré[23] e relatou haver mais de um metro de água no porão. Para piorar nossa situação, descobrimos que as bombas de água estavam afogadas e praticamente inúteis.

Tudo agora era confusão e desespero, mas fez-se um esforço para reduzir o peso do navio, atirando ao mar o máximo de carga que podia ser alcançada, e cortando os dois mastros que restavam. Por fim conseguimos fazê-lo, mas nada pôde ser feito com as bombas e, nesse meio-tempo, o vazamento venceu com rapidez nossos esforços.

Ao pôr do sol, a tempestade havia diminuído muito em violência, e como o mar acalmou, ainda tínhamos uma tênue esperança de salvar-nos nos escaleres[24]. Às oito da noite, as nuvens se abriram a barlavento, e apareceu a lua cheia – uma pequena boa notícia que ajudou a melhorar um pouco nosso ânimo.

Com muito trabalho conseguimos colocar o escaler maior ao mar, sem qualquer incidente, e nele se acomodou toda a tripulação, mais a maioria dos passageiros. Eles partiram de imediato e, depois de muito sofrimento, conseguiram chegar em segurança à passagem de Ocracoke[25], três dias depois do naufrágio.

Catorze passageiros permaneceram a bordo com o capitão, decididos a confiar seu destino ao escaler menor da popa. Nós o baixamos ao mar sem dificuldade, embora tenha sido por milagre que evitamos que ficasse inundado assim que tocou a água.

---

[21] Em veleiros com três mastros ou mais, *mastro da mezena* é o mais próximo da popa (parte de trás) do navio.
[22] *Barlavento* é o lado onde sopra o vento.
[23] Assim como *popa*, a ré é a parte de trás de um navio.
[24] Botes salva-vidas.
[25] *Ocracoke* é uma ilha na costa da Carolina do Norte, constituída principalmente por um longo banco de areia que separa do mar o estreito de Pamlico e impede o acesso ao continente. Foi usada como refúgio pelo famoso pirata Barba Negra, que aí morreu em batalha, em 1718. Na extremidade sul da ilha existe uma abertura, a passagem de Ocracoke, pela qual é possível passar do mar aberto para o interior do estreito.

Nele embarcamos o capitão e sua esposa, o sr. Wyatt e seu grupo, um oficial mexicano com a esposa e quatro filhos, e eu mesmo, com um criado negro[26].

Não havia espaço, claro, senão para alguns instrumentos absolutamente necessários, algumas provisões e as roupas que usávamos. Ninguém pensara em sequer tentar salvar mais nada. Qual não foi o espanto de todos quando, tendo-nos afastado algumas braças do navio, o sr. Wyatt colocou-se de pé na área da popa, e com frieza exigiu ao capitão Hardy que o escaler retornasse com o propósito de trazer a bordo sua caixa oblonga!

— Sente-se, sr. Wyatt — respondeu o capitão, com alguma severidade. — Vai fazer nosso barco virar se não permanecer sentado e quieto. A borda de nosso bote já está quase na água.

— A caixa! Eu a exijo! — vociferou o sr. Wyatt, ainda de pé. — Capitão Hardy, o senhor não pode e não vai negar-me. Seu peso é insignificante, é um nada, um mero nada. Pela mãe que lhe deu à luz, pelo amor de Deus, por sua esperança de salvação, eu lhe imploro que retorne para buscar a caixa.

Por um instante o capitão pareceu tocado pela súplica tão sincera do artista, mas recobrou sua rígida compostura e disse apenas:

— Sr. Wyatt, está louco. Não posso dar-lhe ouvidos. Sente-se, ordeno, ou vai afundar o bote. Fique... Segurem-no... Agarrem-no! Ele está a ponto de jogar-se ao mar! Pronto... Eu sabia... Ele se atirou.

De fato, enquanto o capitão falava, o sr. Wyatt saltou do escaler e, como ainda estávamos muito próximos do navio naufragado, conseguiu, por meio de um esforço quase sobre-humano, agarrar uma corda que pendia pelo costado do veleiro. Em um instante estava a bordo, correndo frenético para a cabine. Nesse ínterim, tínhamos sido arrastados para trás da popa do navio e, já fora da proteção que ele oferecia contra o vento, estávamos à

---

[26] Na época em que Edgar Allan Poe viveu, ainda existia escravidão em boa parte dos Estados Unidos. A maioria dos escravos eram negros africanos e seus descendentes. A escravidão foi abolida no país em 1865.

mercê do poderoso mar, ainda muito agitado. Tentamos com determinação retornar, mas nosso barquinho era como uma pluma ao sabor da tempestade. Num relance percebemos que o destino do desafortunado artista estava selado.

À medida que nossa distância do navio aumentava rapidamente, vimos o louco (pois somente assim podíamos considerá-lo) emergir da escada de acesso às cabines, arrastando, à custa de uma força que parecia gigantesca, a caixa oblonga.

Enquanto o observávamos, no mais completo espanto, ele envolveu com várias voltas de uma corda de 80 milímetros, primeiro a caixa, e depois seu próprio corpo. No momento seguinte tanto ele quanto a caixa estavam no mar, desaparecendo de repente, de uma só vez e para sempre.

Permanecemos ali por um momento, os olhos fixos no local do afundamento. Então nos afastamos remando. O silêncio não foi quebrado por uma hora, e por fim arrisquei um comentário.

— Percebeu, capitão, o modo abrupto como afundaram? Não foi um fato extremamente peculiar? Confesso que senti alguma esperança de que ele pudesse se salvar, quando o vi amarrar-se à caixa e atirar-se ao mar.

— É claro que afundaram de imediato — respondeu o capitão. — Vão voltar à superfície em breve... Mas não antes que o sal se dissolva.

— O sal! — exclamei.

— Silêncio — murmurou o capitão, apontando para a esposa e as irmãs do falecido. — Falaremos sobre isso em um momento mais apropriado.

Passamos por muito sofrimento e escapamos por pouco, mas a sorte nos sorriu, assim como a nossos companheiros no escaler maior. Atingimos terra, mais mortos que vivos, depois de quatro dias de angústia intensa, na praia em frente à Ilha de Roanoke[27]. Ficamos ali por uma semana, não fomos

---

[27] Ilha situada na costa da Carolina do Norte, a norte de Ocracoke.

maltratados por saqueadores de naufrágios e por fim conseguimos transporte para Nova York.

Cerca de um mês depois da perda do *Independence*, acabei encontrando o capitão Hardy na avenida Broadway[28]. Nossa conversa voltou-se, naturalmente, para o desastre, e sobretudo para o triste destino do pobre Wyatt. Descobri, então, os detalhes que se seguem.

O artista havia comprado passagem para si, sua esposa, as duas irmãs e uma criada. Sua esposa era, de fato, como ele descrevera, uma mulher adorável e cheia de qualidades. Mas na manhã de catorze de junho (o dia em que visitei o navio pela primeira vez), a dama passou mal e morreu de repente. O jovem marido ficou alucinado de dor, mas as circunstâncias proibiam terminantemente o adiamento de sua viagem a Nova York. Era necessário levar a sua sogra o corpo de sua adorada esposa, mas, por outro lado, era fato sabido que o preconceito generalizado impediria de fazê-lo abertamente. Grande parte dos passageiros teria preferido abandonar o navio a ter de viajar com um cadáver.

Nesse dilema, o capitão Hardy conseguiu que o corpo, após ser parcialmente embalsamado e acondicionado, com uma grande quantidade de sal, numa caixa de proporções adequadas, fosse levado a bordo como carga[29]. Nada seria dito quanto à morte da dama; e, como era bem sabido que o sr. Wyatt havia comprado passagem para a esposa, tornou-se necessário que alguém fingisse ser ela durante a viagem. Não foi difícil convencer a dama de companhia da falecida a fazê-lo. A cabine extra destinava-se à jovem quando sua patroa estava viva, e era aí, claro, que a pseudoesposa dormia toda noite. Durante o dia ela representava, o

---

[28] A *Broadway* (em inglês, *broad*, "largo" e *way*, "caminho" ou "rua") é uma das mais importantes e antigas ruas de Nova York, percorrendo o *borough* de Manhattan em toda a sua extensão. A Broadway é considerada o coração teatral dos Estados Unidos, pelo grande número de teatros que existe nessa via e em suas vizinhanças.

[29] Uma das formas mais tradicionais de preservação de carnes é a adição de sal; o sal inibe a proliferação de microrganismos, pois causa o ressecamento das células microbianas por osmose.

melhor que podia, o papel da patroa – uma vez que, conforme cuidadosamente verificado, nenhum dos outros passageiros a conhecia pessoalmente.

Meu próprio equívoco originou-se, muito naturalmente, de meu temperamento demasiado impulsivo, curioso e descuidado. De lá para cá, é raro que eu consiga dormir bem à noite. Há uma face que me assombra, por mais que eu me vire para um lado e para outro. Há uma gargalhada histérica que para sempre ecoará em meus ouvidos.

II

A FERA NA CAVERNA

H. P. Lovecraft

A horrível conclusão que aos poucos foi penetrando em minha mente relutante e confusa era agora uma terrível certeza. Eu estava total e desesperadamente perdido nos vastos e labirínticos recessos da caverna Mammoth[30]. Por mais voltas que desse,

---

[30] Localizada no estado de Kentucky, nos Estados Unidos, a *caverna Mammoth* é a maior caverna do mundo, com cerca de 630 km de túneis já explorados. *Mammoth*, em inglês, significa "mamute", um antepassado extinto dos elefantes. Esse nome foi dado à caverna por causa de suas dimensões gigantescas (não é verdadeira a versão de que restos de mamutes teriam sido encontrados lá). Acredita-se que colonizadores europeus a descobriram em 1797. A princípio, houve extração de nitrato de potássio (salitre), que a partir de 1812 assumiu escala industrial. Em 1838, depois de o salitre ter perdido seu valor econômico, o local passou a constituir uma atração turística. Os primeiros guias eram escravos que pertenciam ao dono das terras, e

minha vista cansada era incapaz de detectar, em qualquer direção, um objeto que pudesse servir como marco e indicar o caminho da saída.

Minha razão não podia duvidar de que jamais eu voltaria a contemplar a abençoada luz do dia, ou a percorrer com o olhar as adoráveis colinas e vales do belo mundo exterior. Apesar disso, sob a influência de uma vida inteira de estudos filosóficos, eu sentia certa satisfação, nada modesta, por meu comportamento desapaixonado. Pois embora tivesse lido, com frequência, sobre o frenesi selvagem ao qual se atiravam as vítimas de situações parecidas, nada disso eu experimentava; ao contrário, mantive a calma assim que confirmei ter perdido toda capacidade de orientação.

Nem o pensamento de que talvez tivesse vagado para além do limite que uma busca alcançaria me fez abandonar a serenidade por um momento sequer. Se devo morrer, refleti, então esta caverna terrível, porém majestosa, será um sepulcro tão bem-vindo quanto o que qualquer cemitério proporcionaria; para mim, essa noção trazia mais tranquilidade que desespero.

Morrer de fome seria meu destino derradeiro; disso eu tinha certeza. Certas pessoas, eu sabia, haviam enlouquecido em tais circunstâncias, mas sentia que não seria esse meu fim. Aquele desastre não era resultado de nenhum erro alheio, apenas meu, já que me havia separado do grupo de observadores sem que o guia notasse; e, após vagar por mais de uma hora pelas avenidas proibidas da caverna, descobrira-me incapaz de retraçar as curvas tortuosas por onde havia enveredado depois de abandonar meus companheiros.

A tocha já começava a apagar-se; logo eu seria cercado pela escuridão total e quase palpável das entranhas da terra.

---

deve-se a eles os primeiros estudos e mapas detalhados da caverna. Ao longo do século XIX, a importância turística da caverna Mammoth aumentou, tornando-se um dos locais mais famosos dos Estados Unidos. Desde 1941, é preservada pelo Parque Nacional Mammoth Cave, mantido pelo serviço de parques nacionais.

Em pé sob a luz que minguava, oscilante, pus-me em vão a imaginar as circunstâncias exatas de meu fim tão próximo. Recordei os relatos que ouvira sobre a colônia de tuberculosos; ao fixar residência nesta gruta gigantesca para buscar a cura na aparente salubridade do mundo subterrâneo, com sua temperatura uniforme, constante, e um silêncio cheio de paz, eles haviam encontrado, ao contrário, a morte numa forma horrível, estranha. Vi os tristes restos de suas casas mal-acabadas[31] quando passei por elas com o grupo, e fiquei imaginando que influência perniciosa a permanência nesta caverna imensa e silenciosa teria sobre alguém tão saudável e vigoroso como eu.

Agora, disse a mim mesmo com amargura, eu teria a oportunidade de esclarecer esse ponto, contanto que a falta de comida não me fizesse deixar a vida depressa demais.

Conforme as últimas fagulhas vacilantes de minha tocha desapareciam na escuridão, decidi não deixar nenhuma pedra intocada, ou negligenciar qualquer possível meio de fuga; então, reunindo toda a força que restava em meus pulmões, disparei uma série de altos brados, na vã esperança de que o clamor atraísse a atenção do guia. Contudo, até mesmo enquanto gritava, no fundo do coração acreditava que meus gritos seriam inúteis, e que minha voz, aumentada e refletida pelas incontáveis superfícies do negro labirinto ao meu redor, não seria captada por ouvido algum senão os meus próprios.

De súbito, porém, minha atenção foi atraída num sobressalto, quando me pareceu ouvir o som de passos no chão rochoso da caverna, aproximando-se suavemente.

---

[31] Essa colônia realmente existiu. O médico e empresário John Croghan, que em 1839 adquirira as terras onde se situa a caverna Mammoth visando à sua exploração turística, criou em 1842 um hospital experimental subterrâneo, na esperança de que os "vapores" do local curassem os doentes de tuberculose, que à época constituía uma epidemia preocupante. Dezesseis pacientes, voluntários para o experimento, foram alojados em cabanas no interior da caverna. Cinco enfermos morreram e a condição dos demais piorou, agravada pelo frio permanente e pela fumaça das fogueiras usadas para cozinhar e aquecer o ambiente. O experimento mal-sucedido foi encerrado em 1843. Ainda hoje restam no interior da caverna duas das cabanas de pedra originais.

Seria minha libertação obtida assim tão depressa? Não havia, então, motivo para minhas horríveis inquietações? Teria o guia notado minha inexplicável ausência e, seguindo meu percurso, estaria a minha procura naquele labirinto de pedra calcária?[32]

Enquanto essas indagações cheias de júbilo surgiam em meu cérebro, estive a ponto de renovar os gritos para que me encontrassem mais depressa, quando, num instante, o entusiasmo se transformou em horror: minha audição, agora apurada ao máximo pelo silêncio completo da caverna, trouxe-me, à compreensão entorpecida, a inesperada e pavorosa noção de que aqueles passos não se pareciam aos de qualquer homem.

Na imobilidade sobrenatural daquela região subterrânea, o andar do guia, usando botas, teria soado como uma série de golpes secos e decididos. Os impactos que eu ouvia agora eram suaves, furtivos como os das patas almofadadas de um felino.

Além disso, às vezes, quando eu escutava com atenção, reconhecia o som de *quatro*, e não *dois* pés. Estava agora convencido de que meus gritos tinham despertado e atraído uma besta selvagem. Talvez um leão da montanha[33] que houvesse por acidente se desviado para o interior da caverna.

---

[32] A caverna Mammoth é formada por uma rede de salões e túneis interligados, constituindo um verdadeiro labirinto. Na época de Lovecraft, menos de 60 km de túneis eram conhecidos; desde então, as explorações vêm revelando novas passagens e câmaras, inclusive conexões com cavernas vizinhas, compondo um grande complexo subterrâneo contínuo cujo nome oficial é Sistema de Cavernas Mammoth-Flint Ridge.

[33] *Leão da montanha* é um dos nomes pelo qual se conhece, nos Estados Unidos, o grande felino que no Brasil é chamado de *suçuarana* ou *onça-parda*; seu nome científico é *Puma concolor* (*puma* é o nome dado em países de língua espanhola, e *concolor* significa, em latim, "de cor uniforme"). Com até 1,5 m de comprimento e 120 kg, a suçuarana vive do Canadá ao sul da Argentina e Chile. É o segundo maior gato selvagem das Américas, perdendo só para a onça-pintada, ou jaguaretê. Embora seja um predador de grande tamanho, a suçuarana é tímida e raramente ameaça as pessoas, preferindo sempre fugir. Tampouco é um animal morador de cavernas; quando busca abrigo em alguma cavidade, mantém-se nas proximidades da entrada e não se aventura em túneis mais profundos.

Quem sabe, ponderei, o Todo-Poderoso tivesse escolhido para mim uma morte mais rápida e misericordiosa do que a fome. Contudo, o instinto de autopreservação, nunca adormecido de todo, agitou-se em meu peito; embora a fuga do perigo imediato pudesse apenas poupar-me para um fim mais sinistro e mais demorado, decidi mesmo assim que, para despedir-me da vida, cobraria o preço mais alto que conseguisse.

Por mais estranho que possa parecer, minha mente não concebia nenhuma intenção no visitante a não ser hostilidade. Agindo de acordo, fiquei em silêncio, na esperança de que, sem um som para guiá-la, a fera desconhecida perdesse o rumo, assim como eu perdera, e passasse reto por mim. Mas essa esperança não estava destinada a se cumprir, pois os estranhos passos avançavam com constância: era evidente que o animal me farejara, e numa atmosfera tão livre de qualquer distração como a de uma caverna, meu cheiro podia sem dúvida ser seguido de uma grande distância.

Vendo, portanto, que eu devia armar-me para a defesa contra um ataque perigoso e invisível no escuro, juntei perto de mim os maiores fragmentos de rocha que pude encontrar, espalhados pelo piso da caverna, e, agarrando um em cada mão para uso imediato, aguardei com resignação o que parecia inevitável.

Enquanto isso, o horrendo som das patas se aproximava. Mas o comportamento da criatura era muitíssimo estranho. Na maior parte do tempo o andar soava como o de um quadrúpede, caminhando com uma curiosa falta de conexão entre as patas dianteiras e traseiras; contudo, durante períodos breves e infrequentes, parecia-me que apenas dois pés agiam no processo de locomoção. Imaginei com que espécie de animal iria me confrontar; devia, pensei, ser alguma besta infeliz cuja curiosidade em investigar uma entrada da temível gruta lhe custara um confinamento perpétuo em seus recessos intermináveis.

Sem dúvida alimentava-se dos peixes sem olhos, morcegos e ratos da caverna, e dos peixes comuns levados pelas cheias do Rio Verde, que devia ter alguma comunicação oculta com as águas subterrâneas[34].

Ocupava minha terrível espera com conjecturas grotescas sobre as alterações que a vida na caverna poderia ter causado na estrutura física da fera.

Recordava-me da aparência horrenda, descrita pela tradição local, dos tuberculosos que morreram após longa residência na gruta[35]. Então, sobressaltado, lembrei-me de que, mesmo que eu conseguisse matar meu adversário, *jamais poderia saber sua forma*, já que minha tocha se apagara fazia tempo e eu não dispunha de fósforos.

A tensão que dominava minha mente era agora medonha. Fantasias descontroladas conjuravam formas horrendas e assustadoras saindo da escuridão sinistra que me envolvia, e que parecia exercer uma pressão *física* sobre meu corpo.

Mais e mais, os passos pavorosos se aproximavam.

Senti que deveria gritar, mas, ainda que estivesse determinado a fazê-lo, minha voz não me obedeceria. Eu estava petrificado, enraizado ali. Duvidava até que, no momento crucial, meu braço direito concordasse em arremessar o projétil contra a coisa que se aproxima.

O *pat pat* constante dos passos já estava próximo; agora, *muito* próximo. Eu podia ouvir a respiração ofegante do animal e,

---

[34] A caverna Mammoth é habitada por mais de 200 espécies de animais, das quais 26 são *troglóbios*, seres adaptados à vida na total escuridão e que sobrevivem apenas em ambiente cavernícola. A fauna troglóbia da caverna Mammoth inclui, por exemplo, duas espécies de peixes e duas de camarões de água doce, todas sem olhos e sem pigmentação. A caverna é habitada também por cerca de doze espécies de morcegos. Ainda, muitos animais se refugiam nas zonas próximas às entradas, mas não se aprofundam nos túneis. Como a maioria das cavernas calcárias, a Mammoth se formou pela ação da água subterrânea que, infiltrando-se na rocha, ao longo de centenas de milhares de anos foi dissolvendo e erodindo o material, criando túneis e salões. Rios subterrâneos percorrem-na e sua água está conectada com os lençóis subterrâneos que alimentam o Green River (em inglês, "rio verde"); várias nascentes ao longo dele são afloramentos desses rios internos.

[35] Na verdade, os pacientes ficaram apenas alguns meses no sanatório experimental. Visitantes da caverna descreveram-nos, à época, como figuras pálidas e esqueléticas, que tossiam constantemente.

mesmo aterrorizado como estava, compreendi que ele percorrera uma distância considerável e portanto estaria fatigado.

De repente, o encanto se quebrou. Minha mão direita, guiada com segurança pelo sentido da audição, arremessou com vontade o pedaço afiado de calcário que segurava em direção ao ponto na escuridão de onde emanavam a respiração e os passos; e, incrível, quase atingiu o alvo, pois ouvi a coisa pular, aterrissando a certa distância, onde pareceu deter-se.

Reajustei a mira e lancei um segundo projétil, dessa vez com maior precisão, pois pude ouvir, cheio de alegria, a criatura tombar em aparente colapso e ficar caída, imóvel!

Dominado por um grande alívio, cambaleei e me apoiei na parede. A criatura continuava respirando, com inalações e expirações pesadas, ofegantes, pelas quais compreendi que eu somente a ferira. E todo desejo de examinar aquela *coisa* tinha desaparecido. Uma estranha sensação, aliada a um medo supersticioso e irracional, introduziu-se em meu cérebro; não me aproximei do corpo nem atirei mais pedras para exterminar de vez o ser. Em vez disso, corri a toda velocidade na direção da qual, mesmo no frenesi em que me encontrava, eu vagamente calculava que viera.

Ouvi um som, de súbito; ou melhor, uma sucessão de sons. No instante seguinte eles se revelaram como uma série de estalos agudos, metálicos. Dessa vez não havia dúvida: *era o guia.*

Então gritei, berrei, urrei, até guinchei de alegria ao contemplar nos arcos abobadados lá em cima o brilho fraco e reluzente que, eu sabia, era o reflexo da luz de uma tocha se aproximando. Corri ao encontro do facho e, antes que pudesse entender direito o que acontecia, caí aos pés do guia, abraçando-lhe as botas. Apesar da compostura de que antes me gabara, despejei minha terrível história balbuciando da forma mais idiota e incongruente possível, enquanto quase afogava meu salvador com declarações de gratidão.

Aos poucos, acordei para um estado de consciência próximo à normalidade. O guia notara minha falta quando o grupo chegou à entrada da caverna. Com seu senso de direção intuitivo, ele conduziu uma busca completa e minuciosa dos corredores a partir do lugar onde falou comigo pela última vez, encontrando-me após quase quatro horas de procura.

Ouvindo o relato, e encorajado pela tocha e pela companhia do guia, pensei na estranha fera que havia ferido na escuridão, perto dali, e sugeri que verificássemos que espécie de criatura era minha vítima. Dessa vez com a bravura nascida do fato de ter companhia, retracei meus passos até o ponto onde vivera a terrível experiência. Logo vimos um vulto claro no chão, algo ainda mais branco que o próprio calcário reluzente. Avançamos com cautela, até que ambos soltamos um grito de surpresa, pois de todos os seres monstruosos que qualquer um de nós já tivesse visto, esse era de longe o mais estranho.

Parecia um grande primata antropoide[36], quem sabe escapado de algum circo itinerante. Seus pelos eram brancos como a neve, descoloridos sem dúvida em consequência de toda uma vida passada nos recessos escuros da caverna; muito finos, eram bem escassos, a não ser na cabeça, onde eram tão abundantes e longos que lhe caíam sobre os ombros em profusão. O rosto estava voltado para o outro lado, pois a criatura caíra de bruços. Os membros tinham uma inclinação bem singular, que explicava a alternância de uso que eu notara, em que a besta às vezes usava as quatro patas e às vezes só duas. Nas pontas dos dedos cresciam longas garras. Mãos e pés não eram preênseis[37], e atribuí tal fato à prolongada residência na caverna, que se evidenciava, como já mencionei, pela *brancura*, quase completa, sobrenatural e tão característica[38]. Não havia uma cauda visível.

---

[36] A palavra *antropoide* significa "com forma semelhante à do ser humano". Embora já não seja usada pelos cientistas, é empregada popularmente para designar o grupo formado pelos macacos e pela espécie humana.

[37] Nos animais, um membro *preênsil* é aquele que tem a capacidade de segurar objetos ou de agarrar-se a eles. Por exemplo: as mãos dos primatas (que também têm pés e caudas preênseis), as caudas de vários lagartos e do cavalo-marinho, a língua da girafa, o nariz do elefante e os tentáculos dos polvos.

[38] Os animais troglóbios, isto é, que só vivem dentro de cavernas, têm adaptações à vida na escuridão, como a perda da visão e do colorido. No escuro total, a visão é inútil, e os olhos sofrem redução ou desaparecem; o colorido também fica sem função, pois a ca-

A respiração era agora muito tênue. O guia havia sacado sua pistola com a evidente intenção de executar a criatura, quando esta subitamente emitiu um *som* e fez com que ele baixasse a arma sem tê-la usado. Era um som difícil de descrever. Não se parecia com a voz de qualquer espécie conhecida de primata, e imaginei se tal qualidade extraordinária não teria resultado de um prolongado silêncio, agora interrompido por conta da presença de luz, que a fera talvez não visse desde que entrara naquela caverna.

O som, que eu descreveria como um balbuciar profundo, prosseguiu, débil.

De súbito, um breve espasmo de energia percorreu o corpo da fera. As patas se moveram convulsivamente e os membros se contraíram. Num repente, o corpo branco rolou sobre si mesmo, e o rosto voltou-se em nossa direção.

Por um momento, fiquei tão horrorizado com os olhos assim revelados, que não notei mais nada. Eram negros, totalmente negros, num contraste horrendo com a pele e os pelos brancos feito neve. Como os de outros habitantes de cavernas, eram muito afundados nas órbitas e destituídos de íris. Ao olhar mais de perto, vi que se encaixavam numa face menos prognata[39] que a dos macacos comuns, e bem mais peluda. O nariz era muito proeminente.

Enquanto contemplávamos aquela cena perturbadora, os grossos lábios se abriram e deixaram escapar diversos sons, e logo em seguida a *coisa* morreu.

O guia agarrou a manga de meu casaco, tremendo tanto que sacudia a luz de um lado para o outro, lançando sombras fantásticas, mutantes, nas paredes à nossa volta.

Não me mexi, fiquei parado, rígido, meus olhos horrorizados fixos no chão diante de mim.

---

muflagem passa a ser desnecessária, e muitas espécies se tornam albinas. Tais adaptações desenvolvem-se ao longo de muitas gerações, pelo processo de evolução.
[39] *Prognata* ou *prógnata* é a face que tem a mandíbula projetada para a frente.

Então o medo desapareceu, sendo substituído primeiramente por assombro, e a seguir por respeito, compaixão e reverência, pois os *sons* balbuciados pelo vulto que jazia estendido no calcário nos haviam revelado a pavorosa verdade.

A criatura que eu matara, a estranha fera da imensa caverna era, ou tinha sido um dia, um HOMEM!!!

III

A ÁRVORE COMEDORA DE GENTE

Phil Robinson

Antes de tornar público este manuscrito, expondo-o ao perigo de ser ridicularizado – uma vez que, receio, muitos leitores considerarão inacreditável a história que ele relata –, tomo a liberdade de expressar uma opinião sobre a credulidade, opinião esta que não me lembro de já ter visto. É a seguinte: colocando a Sabedoria suprema em um extremo, a Ignorância suprema no outro e a mim mesmo no centro exato entre ambas, surpreendo-me ao descobrir que, quer me aproxime de um extremo, quer do outro, aumenta cada vez mais a credulidade daqueles com quem cruzo. Podemos apresentar isso como um paradoxo: qualquer *homem que seja mais tolo ou mais sábio que eu será mais crédulo. Faço esta observação para assinalar ao leitor que, acaso não tenha percebido, a credulidade não é por si só motivo de vergonha ou de desprezo, e que depende mais da forma do que do tipo da crença, e se a pessoa está mais inclinada a ser sábia ou o contrário. Do mesmo modo, portanto, de acordo com o grau de incapacidade em crer no que se segue, o leitor pode avaliar, a seu critério, o tamanho de sua sabedoria ou de sua falta dela. – Z. Oriel.*

Peregrine Oriel, meu tio por parte de mãe, era um grande viajante, como seus proféticos padrinhos parecem ter adivinhado à beira da pia batismal. De fato, ele havia explorado os sótãos e porões da Terra com uma determinação fora do comum. Ao narrar suas viagens, porém, ele infelizmente não manteve a cautela judiciosa de Xenofonte entre o que foi visto e o que foi ouvido[40], e foi por isso que os vereadores da cidade de Brunsbüttel[41] (a quem ele mostrou um ornitorrinco, que capturara vivo na Austrália, e que o denunciaram publicamente como um importador de animalejos artificiais[42]) não eram os únicos que duvidavam das histórias daquele senhor.

Assim, por exemplo, que ouvinte acreditaria na história da árvore engolidora de gente da qual ele tinha escapado com vida por um triz? Ele próprio dizia que era "mais terrível que a *upas*"[43].

---

[40] Xenofonte (cerca de 430 a 354 a.C.) foi um historiador grego, discípulo do filósofo Sócrates. É admirado até hoje por seu estilo elegante e por basear seus escritos em fatos que realmente presenciou e dos quais participou, e não apenas em relatos alheios.

[41] Cidade do norte da Alemanha.

[42] O ornitorrinco (*Ornithorhynchus anatinus*) é um mamífero do leste da Austrália e Tasmânia. Ele tem um bico semelhante ao do pato, cauda parecida com a do castor e pés com membranas, como os de uma lontra. Descoberto pelos europeus em 1798, foi considerado uma fraude quando o primeiro exemplar foi analisado pelos cientistas, que acharam sua aparência estranha demais para ser natural.

[43] A árvore *upas* (*Antiaris toxicaria*), da Ásia e da África, produz uma seiva tóxica, que populações locais ainda hoje usam como veneno para embeber a ponta de flechas e dardos, usados na caça para alimentação. Muitos relatos, no século XIX, exageravam a periculosidade da planta. Na época, a expressão "pior que a árvore upas" era empregada como metáfora, quando uma pessoa se referia a algo que reprovava moralmente.

"Esta planta horrenda, que projeta sua esplêndida sombra mortífera em plena solidão da floresta de samambaias da Núbia[44], deixa enferma com seus humores malsãos[45] toda a vegetação em seu entorno imediato, e alimenta-se dos animais selvagens que, no terror da perseguição, ou no calor do meio-dia, buscam o denso refúgio de sua ramagem; das aves que, cruzando em voo o espaço aberto, penetram o círculo encantado de sua influência, ou que se alimentam, inocentes, em suas grandes flores pálidas; do próprio homem, uma presa infrequente, quando algum selvagem procura abrigo contra as tempestades, ou se afasta da pradaria onde o capim-navalha fere os pés, indo colher os belíssimos frutos que pendem em meio à belíssima folhagem".

E que frutos! "Enormes e gloriosas gotas de mel da cor do ouro, translúcidas, cujo próprio peso lhes confere um formato de pera. A folhagem reluz com um estranho orvalho, que durante todo o dia goteja no solo logo abaixo, nutrindo o capinzal que cresce vigoroso, em alguns pontos tão alto que suas lâminas de um verde intenso, alimentado com sangue, projetam-se para cima, em meio à folhagem escura da terrível árvore, e como um guarda-costas zeloso mantêm oculto o temível segredo do matadouro que existe ali, e rodeiam as negras raízes da planta assassina como uma recatada cortina viva."

Tal era a descrição que ele fazia da planta; e no dia seguinte, procurando em um dicionário botânico, descubro que os naturalistas de fato conhecem uma família de plantas carnívoras[46]; mas vejo que a maioria delas é muito pequena, alimenta-se apenas de insetinhos. Meu tio materno, no entanto, não sabia disso, pois morreu antes da descoberta das dróseras e dos nepentes[47];

---

[44] Região da África, ao longo do rio Nilo, no sul do Egito e norte do Sudão.
[45] Nocivos.
[46] Na verdade, existem pelo menos nove famílias de plantas carnívoras. As mais conhecidas são as droseráceas e as nepentáceas.
[47] Aqui existe uma incongruência de datas. Os gêneros de plantas carnívoras *Drosera* e *Nepenthes* foram descritos pelo naturalista sueco Lineu em 1753. Se Peregrine Oriel morreu antes disso, como poderia ter levado ornitorrincos para a Alemanha (ver nota 42), uma vez que o primeiro exemplar dessa espécie chegou à Europa em 1798?

e baseando seu conhecimento sobre a árvore sugadora de gente unicamente na experiência pela qual passou, explicou com suas próprias teorias a existência da planta. Ele negava a fixidez de todas as leis naturais exceto uma, que o mais forte empenhava-se em devorar o mais fraco, e "acreditava que mesmo essa fixidez era, em si, um mecanismo para uma mutabilidade geral ainda maior". Assim, ele argumentava que, como qualquer distribuição desigual da capacidade de autodefesa implicaria uma parcialidade indigna do Criador, e como os instintos de sensibilidade dos animais e dos vegetais são claramente análogos, "o mundo deve ser permeado pela capacidade de perceber e de sentir". Levando sua teoria (pois para ele essa era mais que uma hipótese[48]) um ou dois passos além, ele chegou à crença de que, confrontado com um perigo iminente ou ante uma necessidade urgente, qualquer animal ou vegetal poderia, em última análise, revolucionar sua natureza; o lobo alimentar-se-ia de capim ou aninharia em árvores, e a violeta armar-se-ia de espinhos ou capturaria insetos[49].

"Como podemos afirmar – perguntava ele – que as sensações do homem são consequência da percepção, e ao mesmo tempo negar que, nos animais, dotados de visão, audição, tato, olfato e paladar, a perceptividade possa coexistir com os sentidos[50]? Se em todo o espectro do mundo animado existe a dádiva da autodefesa contra a extirpação, e a ameaça à fraqueza, por que o mundo inanimado, que luta pela sobrevivência tão ferozmente

---

[48] Hipótese e teoria são dois conceitos importantes da ciência e da filosofia. Nem hipóteses nem teorias são verdades únicas e estabelecidas. *Hipótese* é um palpite, uma previsão quanto a algo que se espera descobrir em um estudo ou análise específica. *Teoria* é um princípio já bem estabelecido, desenvolvido a partir de muitas observações e experimentos, e usado para explicar algum aspecto do mundo natural.

[49] Pensando em termos de indivíduos, a teoria de Peregrine é impossível, pois cada animal ou planta tem limitações anatômicas e não pode "revolucionar sua natureza" adotando comportamentos para os quais não tem estrutura física adaptada. Mas por meio do processo da evolução, isto é, da mudança gradual ao longo de várias gerações, uma espécie pode, sim, adquirir características que lhe permitem viver em condições adversas.

[50] Ao usar a palavra "percepção", Peregrine Oriel quer dizer "consciência", ou "raciocínio". Para ele, animais e plantas são dotados da capacidade de pensar e raciocinar, em geral considerados uma exclusividade do ser humano.

quanto o outro, seria deixado indefeso e desarmado[51]? E eu nego que seja assim. A epífita brasileira estrangula a árvore e suga seus líquidos[52]. A árvore, por sua vez, para matar de inanição a parasita vampira, recolhe seus líquidos às raízes e, rompendo o solo em um outro ponto, desvia todo o fluxo de seiva para novos rebentos. A epífita então cai do tronco morto em cima dos brotos que despontam no solo abaixo de si – e assim a luta prossegue[53]. Veja-se, ainda, a árvore *peepul*, da Índia. Qual a diferença entre a atração valente de suas raízes pelo poço distante[54] e a triste e difícil jornada do camelo até o oásis, ou do exército de Senaqueribe até o Nilo salvador[55]?

Como pode a planta sensitiva[56] ser inconsciente! Caminhei quilômetros através de pradarias cobertas por ela, a ponto de temer que a planta reunisse coragem e se voltasse contra mim, o tapete verde empalidecendo e tornando-se cinza-prateado ao toque de meus pés, e desmaiando à minha volta enquanto eu avançava. Senti com tanta estranheza a aversão generalizada do vegetal, que eu teria discutido com ele; mas de que adiantaria?

---

[51] Peregrine chama de "mundo animado" os animais, e de "mundo inanimado" as plantas. Ele se refere, na verdade, à capacidade de movimentação.

[52] Aqui, Peregrine confunde dois tipos de plantas: *epífitas* são plantas que crescem sobre outras plantas, mas não são parasitas – elas usam outras árvores como suporte, mas não sugam seus nutrientes. Em todas as regiões tropicais (e não só no Brasil) existem figueiras epífitas cujas raízes envolvem a árvore-suporte, apertando-a com cada vez mais força à medida que crescem rumo ao solo e ficam mais grossas, até matá-la. A morte da árvore se dá não porque seus nutrientes foram sugados, mas porque a figueira aperta demais o tronco e impede a circulação de seiva e de água.

[53] Não é bem assim. A planta estrangulada pela figueira simplesmente morre e se decompõe. A figueira permanece de pé, sustentada pelas raízes, agora bem fixas no solo.

[54] A árvore *peepul* é outra figueira, a *Ficus religiosa*. Esse comentário faz referência a um fato observado pelo próprio Phil Robinson e descrito em outro livro seu: em um vilarejo da Índia, as raízes de uma árvore *peepul* se introduziram pela parede de um poço, por fim arrebentando-o e deixando toda a água vazar, até que ele teve de ser abandonado pelos aldeões.

[55] Mais uma imprecisão de Peregrine. O exército de Senaqueribe, rei da Assíria de 705 a 681 a.C., derrotou os egípcios em Israel e na Fenícia, mas nunca chegou até o Nilo, que se situa no Egito. O império assírio conquistou o Egito apenas em 671 a.C., sob o comando de seu filho e sucessor, Esarhaddon.

[56] A *sensitiva*, também chamada de dormideira (*Mimosa pudica*), é uma planta rasteira cujas folhas fecham-se ao serem tocadas.

Bastava estender as mãos, e a mera sombra aterrorizava a planta; os arbustos se encolhiam sempre que eu começava a falar; e a cada frase minha, grandes touceiras de aparência vigorosa, em cuja robustez eu tolamente confiara, prostravam-se em pálida súplica. Sequer uma folha queria fazer-me companhia. O hálito que eu exalava fazia a vida adoecer. Minha simples presença paralisava a vida, e alegrei-me quando, por fim, cheguei a uma vegetação menos tímida, e senti o rancoroso capim-navalha revidar à pressa afoita que o teria esmagado. O mundo vegetal tem, porém, suas vinganças. Pode-se manter um porquinho-da-índia em uma gaiola, mas como domesticar um basilisco[57]? A plantinha de sensitiva que cresce no quintal diverte as crianças (que também se comprazem em ver besouros rodando em um alfinete), mas como seria possível cultivar um vegetal que captura um antílope em pleno galope, que abate a ave que passa e que, se acaso agarrar um homem, pode sugar sua carcaça até que o corpo dele fique tão vazio quanto sua mente, e toda a sua capacidade de criatura animada não o possa libertar do abraço terrível de – que Deus o ajude! – uma planta inanimada?"

Contou meu tio:

> – Muitos anos atrás, voltei meus passos inquietos para a África Central, e viajei desde o ponto onde o rio Senegal desemboca no Atlântico até o rio Nilo, margeando o Grande Deserto e atingindo a Núbia em meu caminho rumo à costa leste[58].

---

[57] O *basilisco* é um ser mitológico europeu. No século I d.C., Plínio, o Velho, o descreveu como uma pequena serpente, com uma mancha em forma de coroa na cabeça, tão mortífera que deixa uma trilha de veneno por onde passa e é capaz de matar só com o olhar. Na Idade Média, passou a ser um galo com quatro pés, plumagem amarela, grandes asas espinhosas e cauda de serpente; uma ilustração do século XVII mostra-o coberto por escamas, não penas, e oito pés. Também são chamados de basiliscos os lagartos pertencentes ao gênero *Basiliscus*, que vivem nas florestas tropicais do sul do México ao Equador, Colômbia e Venezuela.

[58] O rio Senegal fica no oeste da África e faz a fronteira entre Senegal e Mauritânia. Em sua viagem, Peregrine Oriel foi para leste seguindo a borda sul do deserto do Saara (na época também chamado, em inglês, de *Great Desert*, isto é, "grande deserto"), até chegar ao rio Nilo, no norte do Sudão (Núbia), já no leste da África. Seria um percurso de mais de 7 mil km, cruzando o continente em sua maior largura.

Tinha comigo três criados nativos, dois deles irmãos e o terceiro, Otona, um jovem selvagem das montanhas do Gabão, ainda adolescente.

Um dia, deixando minha mula com os dois homens que estavam armando minha tenda para a noite, saí com minha arma, o garoto me acompanhando em direção a uma floresta de samambaias, que avistei nas proximidades. Ao me aproximar descobri que a floresta era cortada ao meio por uma grande clareira e, vendo uma pequena manada de antílopes comuns pastando no lado sombreado, esgueirei-me atrás deles, pois era um animal excelente para a panela. Embora desconhecesse o perigo que corria, a manada estava desconfiada, e trotando devagar diante de mim, atraíram-me por um quilômetro e meio ou mais ao longo da borda do maciço de samambaias.

Ao fazer uma curva, de repente notei uma árvore solitária que crescia no meio da clareira. Uma única árvore. De imediato percebi que nunca havia visto uma árvore exatamente igual àquela. Mas estando decidido a caçar meu jantar, olhei-a apenas o tempo suficiente para satisfazer a minha surpresa inicial de ver aquela planta isolada tão imponente, vicejando luxuriante em um local onde apenas caniços resistentes pareciam prosperar.

Enquanto isso, os antílopes iam a meio caminho entre mim e a árvore, e voltando para eles minha atenção vi que cruzariam a clareira. Bem à sua frente havia uma abertura na floresta, pela qual com certeza minha refeição escaparia; atirei, portanto, bem no meio da família de antílopes enquanto eles desfilavam diante de mim. Atingi um filhote, e o resto da manada, disparando em súbito terror, rumou para a árvore, abandonando o jovem que se debatia no chão. Otona, o garoto, correu para agarrá-lo, obedecendo a uma ordem minha, mas, ao vê-lo, a criaturinha tentou seguir os companheiros e em bom ritmo tomou o mesmo caminho que eles. A manada já tinha chegado à árvore, mas em vez de passar sob ela desviou de repente e circundou-a à distância de alguns metros.

Estaria eu louco, ou a planta havia de fato tentado capturar os antílopes? Num instante vi, ou pensei ter visto, a planta agitar-se com violência. E enquanto as samambaias ao redor permaneciam imóveis no ar morto da tarde, os galhos da árvore foram empurrados por uma rajada repentina de vento na direção da manada, inclinando-se, com a força do impulso, quase até o chão. Passei a mão pelos olhos brevemente, e olhei de novo. A árvore estava tão imóvel quanto eu!

Rumando para ela, bem perto agora, o garoto corria em animada perseguição ao jovem antílope. Estendeu a mão para pegá-lo. De um salto o animal escapou de seu alcance. De novo o menino fez menção de pegá-lo e de novo ele escapou. Houve mais um impulso para diante, e logo o garoto e o antílope estavam sob a árvore.

Então não havia como equivocar-me quanto ao que vi.

A árvore convulsionou-se com movimento, debruçou-se para a frente, varreu seus galhos frondosos pelo chão e escondeu de minha vista o perseguidor e o perseguido. Eu estava a uma centena de metros, e o grito de Otona, saído do interior da árvore, chegou até mim em toda a clareza de sua agonia. Então ouvi outro grito, abafado e estrangulado, e exceto pela agitação da folhagem onde ela se fechara sobre o garoto, não vi mais nenhum sinal de vida!

– Otona! – gritei.

Não houve resposta. Tentei gritar de novo, mas o som que lancei foi o de um animal selvagem vitimado a uma só vez pelo terror repentino e por um ferimento mortal. Fiquei paralisado, com uma expressão que nem de longe lembrava a de um ser humano. Nem todos os terrores do mundo juntos poderiam me fazer tirar os olhos daquela planta medonha, ou os pés do chão.

Devo ter permanecido pelo menos uma hora ali, pois as sombras da floresta se alongaram até o meio da clareira antes que aquele horrível acesso de medo me abandonasse. Meu primeiro impulso foi de esgueirar-me discretamente para longe, para que a árvore não me percebesse, mas o retorno da razão fez com que me aproximasse dela. O garoto poderia ter caído no covil de alguma fera, ou talvez a terrível vida que animava a planta fosse uma grande serpente entre seus ramos.

Preparando para defender-me, cheguei perto da árvore silenciosa, o capim quebradiço estalando sob meus pés com grande ruído, as cigarras na floresta zunindo até que o ar a minha volta parecesse pulsar com as ondas de som. A horrenda verdade logo expôs-se diante de mim como uma espantosa surpresa.

O vegetal notou minha presença quando eu estava a cerca de cinquenta metros de distância. Então percebi um movimento cauteloso entre as folhas espessas, que me fez imaginar alguma fera selvagem lentamente despertando de um longo sono, um imenso emaranhado de serpentes num movimento inquieto. Sabe quando as abelhas pendem de um galho – um grande aglomerado de corpos, uma abelha sobre a outra – e uma pancada na madeira ou a movimentação do ar faz com que a massa viva comece nervosamente a se desintegrar, cada inseto reivindicando seu direito individual de mover-se? E lembra-se de como, sem que qualquer abelha o abandone, o aglomerado todo aos poucos se enche de uma vida raivosa, numa movimentação incessante?

Cheguei a vinte metros dela. Um tremor percorria todos os galhos da árvore, que murmurava sedenta de sangue e, impotente por seus pés enraizados, inclinava toda a ramagem em minha direção. Era como o monstro do mar profundo que os homens dos fiordes do norte temem e que, ancorado em uma rocha submersa, estende no espaço vazio seus braços ansiosos, translúcidos como o próprio mar, e tão inquietos quanto ele[59] – um Polifemo[60] ferido tateando em busca de vítimas.

Cada uma das folhas agitava-se, faminta. Como mãos elas se moviam, procurando algo, seus limbos carnosos enrolando-se sobre si mesmos e voltando a se abrir, fechando-se umas ao redor das outras e separando-se de novo – mãos grossas, inábeis, desprovidas de dedos (na verdade mais parecidas a línguas que a mãos), densamente pontilhadas com orifícios que lembravam pequenas tigelas. Cheguei mais e mais perto, passo a passo, até ver que todos esses diminutos horrores moviam-se, abrindo e fechando sem cessar.

Eu estava agora a dez metros do galho que se projetava mais longe. Cada centímetro dele estava histérico de excitação. A agitação de seus ramos era espantosa – nauseante, mas fascinante. No êxtase da cobiça pelo alimento tão próximo, as folhas se voltavam umas contra as outras. Quando duas se encontravam, sugavam-se uma à outra, com tanta força que comprimiam pela metade sua espessura conjunta, ambas coladas como se fossem uma, agora atracadas em uma voluta como uma dupla espiral, contorcendo-se como um verme verde, e, por fim, enfraquecidas com a violência do desenlace, separavam-se devagar, deixando-se cair uma para longe da outra como as sanguessugas repletas abandonam a pele humana.

---

[59] Referência ao *kraken*, monstro mitológico dos mares nórdicos, que seria capaz de agarrar navios com seus tentáculos e arrastá-los para o fundo do mar. O mito deve ter se originado do avistamento de lulas-gigantes (*Architeutis* sp.), que chegam a 13 m de comprimento. Habitantes de águas profundas, em oceanos do mundo todo, em geral só são vistas quando aparecem mortas nas praias.

[60] Na mitologia grega, *Polifemo* era um ciclope, isto é, um gigante de um só olho. Na *Odisseia*, poema épico escrito pelo grego Homero (por volta do século VIII a.C.), Polifemo aprisiona Odisseu e seus homens em uma caverna. Para fugir, Odisseu fura com uma lança o único olho de Polifemo, cegando-o.

Um orvalho viscoso reluzia nos orifícios das folhas, transbordava e pingava. O som dele gotejando de folha em folha e dava a impressão de que a árvore murmurava para si mesma. Os belos frutos dourados pendurados aqui e ali eram agarrados primeiro por uma folha, depois por outra, permaneciam por um instante seguros e envoltos, e de repente eram libertados. Ali, uma folha grande, como um vampiro, sugara os líquidos de uma menor, que pendia, murcha e exangue, como uma carcaça da qual a doninha[61] tivesse se cansado.

Assisti à terrível batalha até que meus olhos assustados, exaustos pela atenção intensa, recusaram-se a seu ofício, e mal posso dizer o que vi. Mas a árvore à minha frente parecia ter-se tornado uma fera viva. Acima de mim havia um grande galho, e cada uma de suas milhares de mãos úmidas estendia-se para baixo, em minha direção, agitando-se. Ele se esticava, tremia, balançava e oscilava. Ele se sacudia em desespero. A ramagem, alucinada com a presença de carne, era jogada de um lado a outro, na agonia do desejo frenético. As folhas se entrelaçavam como as mãos de alguém que enlouqueceu com o sofrimento súbito. Senti o orvalho abominável jorrando das nervuras tensas sobre mim. Minhas roupas começaram a exalar um odor estranho. O chão que eu pisava cintilava de líquidos animais.

Estaria eu dominado pelo terror? Teriam meus sentidos me abandonado na hora em que deles necessitava? Não sei. Mas para mim a árvore parecia estar viva. Debruçada acima de mim, parecia arrancar as raízes do solo amolecido e mover-se em minha dire-

---

[61] A *doninha* (*Mustela nivalis*) é um pequeno mamífero carnívoro, parente do furão, e habita os países do hemisfério norte. Os machos, maiores, pesam no máximo 250 g. Apesar do pequeno tamanho, a doninha é um predador destemido e mata presas muito maiores do que ela. Nesses casos, ela pode comer apenas uma pequena fração da presa, abandonando o resto, e é isso que o texto se refere.

ção. Um monstro gigantesco, com uma miríade[62] de lábios, que murmuravam juntos pedindo por minha vida, abatia-se sobre mim!

Como alguém que se defende desesperado da morte iminente, lutei por minha vida, e disparei minha arma contra o horror que se aproximava. Para meus sentidos entorpecidos o som parecia vir de muito longe, mas o choque do coice da arma trouxe-me de volta a mim e, voltando à ação, recarreguei. Os tiros haviam aberto caminho através do corpo tenro do imenso ser. Ao ser ferido, o tronco estremeceu, e toda a árvore foi percorrida por um arrepio súbito.

Um fruto caiu, escorregando entre as folhas, agora rígidas, com suas nervuras inchadas, como se entalhadas. Então vi um grande galho lentamente pender, e sem qualquer som desprender-se do tronco túrgido de líquidos, afundando suavemente, em silêncio, por entre as folhas reluzentes. Atirei de novo, e outro membro maligno ficou sem ação. Morto. A cada descarga o terrível vegetal perdia mais uma parte de sua vida.

Pouco a pouco eu o ataquei, matando aqui uma folha, ali um ramo. Minha fúria aumentava com o massacre, até que, quando a munição se esgotou, o esplêndido gigante estava em ruínas, como se um furacão o tivesse atingido. No solo jaziam amontoados os fragmentos, debatendo-se, erguendo-se e caindo, arfantes.

Acima deles pendiam alguns galhos feridos, num langor moribundo, enquanto no centro erguia-se ereto, vertendo líquido de cada nó, o tronco brilhante de umidade.

Meu fogo contínuo havia atraído um dos homens montado em minha mula. Ele não ousou, assim me disse, aproximar-se de mim, achando que eu estava louco.

---

[62] Uma grande quantidade.

Agora eu havia desembainhado minha faca de caça, e usava-a para lutar... com *as folhas*. Sim... mas cada folha estava animada por uma vida horrenda, e mais de uma vez senti minha mão ser envolvida por um instante e segura como que por lábios afiados. Ignorando a presença de meu companheiro, arremeti para diante por cima da folhagem caída e, num último arroubo frenético, enterrei a faca até o cabo na madeira macia; em seguida, escorregando na seiva que já coagulava, caí exausto e inconsciente entre as folhas que ainda ofegavam.

Meus companheiros carregaram-me de volta ao acampamento, e, depois de procurarem em vão por Otona, esperaram que eu voltasse à consciência. Duas ou três horas se passaram até que eu pudesse falar, e vários dias antes que pudesse me referir àquela coisa terrível. Meus homens não queriam chegar perto dela. Estava bem morta, pois, quando nos aproximamos, uma ave com um grande bico e plumagem multicolorida, que estivera se alimentando dos frutos em decomposição, levantou voo dos escombros.

Removemos a folhagem que apodrecia e lá, entre as folhas mortas ainda úmidas e amontoadas ao redor das raízes, encontramos os macabros restos de muitas refeições passadas, bem como sua última alimentação, o corpo do pequeno Otona. Remover as folhas teria demorado muito tempo, de modo que enterramos o corpo como estava, com uma centena de folhas vampiras ainda aderidas a ele.

Esta, até onde posso me lembrar, era a história de meu tio sobre a árvore comedora de gente.

IV

O HOMEM E A SERPENTE

Ambrose Bierce

É informação authentica, e attestada por tantos, que não ha de facto entre os sabios e homens de instrucção ninguem que o negue, que no olho da serpente há uma propriedade magnetica que faz aquelle que cahir sob sua influencia ser attrahído contra vontade, e morrer miseravelmente pela mordedura da criatura.[63]

Esticado à vontade num sofá, de roupão e chinelos, Harker Brayton sorriu ao ler o trecho acima na antiquada obra de Morryster, *Maravilhas da Sciencia*.

"A única maravilha neste caso", disse a si mesmo, "é que os sábios e esclarecidos da época

---

[63] No original, esse texto aparece em inglês antigo. Na tradução, decidimos também usar português antigo, seguindo a ortografia do início do século XIX.

de Morryster[64] acreditassem nesse absurdo, que hoje em dia até os mais ignorantes rejeitam."

Seguiu-se uma série de pensamentos encadeados – pois Brayton era um homem de muito pensar – e ele sem perceber deixou o livro descair, enquanto a direção do olhar se mantinha. Com o volume abaixo de sua linha de visão, uma coisa em um canto obscuro trouxe sua atenção de volta ao ambiente. Ele viu, nas sombras sob sua cama, dois pequenos pontos de luz separados pela distância de pouco mais de dois centímetros. Podiam ser duas cabeças de prego refletindo a luz do bico de gás, suspenso acima de si; ele lhes deu pouca importância e retomou a leitura. Um momento depois alguma coisa – um impulso que nem pensou em analisar – o levou a baixar o livro de novo e tentar ver o que vira antes.

Os pontos de luz ainda estavam lá. Pareciam estar mais reluzentes, cintilando com um brilho esverdeado que a princípio não notara. Pensou, também, que tinham se movido um pouco. Pareciam estar mais próximos. Mas continuavam ocultos demais nas sombras para revelar a um olhar casual sua natureza e sua origem, e mais uma vez ele retomou a leitura.

De súbito, algo no texto deu origem a um pensamento que o sobressaltou, fazendo-o pousar o livro pela terceira vez no braço do sofá, de onde, escapando de sua mão, ele caiu esparramado no assoalho com a lombada para cima.

Brayton meio que se ergueu, olhando com atenção para a escuridão sob a cama, onde os pontos de luz brilharam com o que lhe parecia ser um fogo mais intenso. Sua atenção estava agora completamente desperta, e seu olhar se tornou ansioso e obsessivo. Distinguia, quase exatamente abaixo do pé da cama, o corpo enrolado de uma grande serpente. Os pontos de luz eram seus olhos!

---

[64] O livro *Maravilhas da Sciencia* (em inglês, *Marvells of Science*) e seu autor, Morryster, são invenções de Bierce. A obra é mencionada também no conto "O festival" (1925), de H. P. Lovecraft.

A horrenda cabeça, projetada à frente a partir da volta mais interna do corpo e pousada sobre a mais externa, apontava direto para ele, com a curva da mandíbula ampla e brutal e a testa de animal estúpido indicando a direção de seu olhar malévolo. Os olhos não eram mais meros pontos luminosos: fitavam os dele cheios de intenção maligna.

Uma serpente no quarto de uma residência urbana moderna não é, por sorte, um fenômeno tão comum que dispense explicação.

Harker Brayton, um solteirão de 35 anos, estudioso e diletante, por vezes dado aos esportes, rico, popular e de boa saúde, retornara a São Francisco[65] depois de viajar por incontáveis países remotos e estranhos.

Seus gostos, sempre um tanto requintados, tornaram-se mais exuberantes depois de tão longa privação. Como até o luxo do Hotel Castle se mostrou inadequado para satisfazer suas exigências, ele de bom grado aceitou a hospitalidade de seu amigo, o distinto cientista dr. Druring.

A casa do doutor, uma mansão grande e antiga no que hoje é um bairro obscuro da cidade, tinha uma aparência externa de orgulhosa discrição. Estava claro que a casa não se relacionaria com os elementos adjacentes de um ambiente que vinha sofrendo modificações, e parecia ter desenvolvido algumas das excentricidades que surgem com o isolamento.

Uma dessas excentricidades era uma "ala", uma anomalia óbvia em termos arquitetônicos e de finalidade não menos estranha: era uma mistura de laboratório, coleção de animais e museu. Era ali que o doutor se entregava ao lado científico de sua natureza. Ali ele estudava as formas da vida animal que atraíam seu interesse e agradavam a seu gosto, que, deve-se confessar, inclinava-se sobretudo à apreciação das formas primitivas. Para que algum animal superior ganhasse, depressa e sem dificuldade,

---

[65] *São Francisco* é uma importante cidade da Califórnia, na costa oeste dos Estados Unidos.

sua suave afeição, deveria exibir ao menos os rudimentos de certas características que o incluíssem entre os "dragões antediluvianos", como os sapos e as serpentes. Suas afinidades científicas eram distintamente reptilianas[66]; ele amava os membros da ralé da natureza e descrevia a si mesmo como o Zola[67] da zoologia[68].

Sua esposa e filhas, que por infelicidade não partilhavam sua privilegiada curiosidade quanto à vida e modos desses malfadados seres, haviam sido excluídas, com exagerada severidade, do local que ele denominava "Cobrário" e condenadas a conviver com sua própria espécie. Para suavizar a proibição, porém, com sua imensa riqueza ele permitia que vivessem cercadas de muito maior opulência que os répteis, e que brilhassem com máximo esplendor.

Quanto à arquitetura e à mobília, o Cobrário era de uma simplicidade austera, que combinava com a natureza humilde de seus habitantes. Muitos deles, aliás, não poderiam, por questões de segurança, receber liberdade suficiente para desfrutar do luxo em sua plenitude, pois tinham a incômoda peculiaridade de estarem vivos. Em seus próprios aposentos, porém, sofriam as menores restrições possíveis, desde que estivessem impedidos de entregar-se ao indesejável hábito de engolirem-se uns aos outros. E, como Brayton fora devidamente informado, não era inesperado que, de tempos em tempos, alguns dos répteis fossem encontrados em partes da propriedade nas quais teriam dificuldade em explicar sua presença.

---

[66] Referentes aos répteis.

[67] *O Zola da zoologia*, além de ser uma aliteração, isto é, um jogo de palavras brincando com o som da letra "z", é uma referência ao escritor francês Émile Zola (1840-1902), um dos principais representantes do movimento naturalista da literatura. Zola acreditava que se devia escrever com o maior realismo possível, mesmo que a ficção resultasse em violência e sordidez.

[68] Nesse trecho, Bierce segue uma forma de pensar comum no século XIX, em que conceitos morais humanos eram usados para qualificar os animais. Na época, eruditos e pensadores muitas vezes se referiam a répteis e anfíbios com desprezo. Tal atitude, porém, decorria da noção generalizada de que quanto mais semelhante ao ser humano, mais "nobre" ou "superior" um animal seria, e não tem qualquer base científica. Animais ditos "inferiores" muitas vezes têm estrutura simples, mas todos estão adaptados, por meio do processo evolutivo, a explorar seu meio ambiente com eficiência, mesmo que de formas muito diferentes do ser humano e demais mamíferos.

Apesar do Cobrário e seus moradores fora do comum – aos quais, em verdade, pouca atenção ele dava –, Brayton achava a vida na mansão Druring muito de seu agrado.

A não ser pelo choque da surpresa e por um calafrio de ojeriza, o sr. Brayton não foi muito afetado. A primeira coisa que lhe ocorreu foi chamar algum criado. Mas embora a cordinha da campainha pendesse a seu alcance, ele sequer estendeu a mão. Ocorreu-lhe que tal gesto levantaria a suspeita de que sentisse medo, coisa que em absoluto não sentia. Ele estava mais impressionado pela natureza bizarra da situação do que incomodado pelos perigos que pudesse representar. Era uma ocorrência revoltante, mas absurda.

Brayton não saberia dizer a que espécie o réptil pertencia. Ele nem podia calcular qual seria seu comprimento; a maior porção do corpo da serpente que ele conseguia ver parecia tão grossa quanto seu antebraço. Seria ela perigosa? Seria venenosa? Seria constritora[69]? Seus conhecimentos a respeito dos sinais de perigo da Natureza não eram suficientes para responder a tais questões; nunca havia decifrado esse código.

Mesmo que a criatura não fosse perigosa, sua presença era, no mínimo, um ultraje. Era demais, algo descabido, uma impertinência. Uma gema que não valia o engaste. Nem mesmo o péssimo gosto da época e do país, que enchera as paredes do quarto com quadros, o ambiente com mobília e a mobília com quinquilharias, conseguiria encaixar naquele lugar aquele representante da fauna das florestas tropicais. Além disso – coisa horrível! – as emanações do hálito da criatura se mesclavam à atmosfera que ele respirava.

Tais pensamentos tomaram forma mais ou menos definida na mente de Brayton, e geraram ação. Este é o processo ao qual

---

[69] Há dois modos principais pelos quais as serpentes capturam e matam suas presas: as venenosas, como cascavéis e jararacas, injetam veneno, por meio de dentes especiais; as constritoras, como jiboias e sucuris, envolvem as presas com o corpo, apertando-as até que morram sufocadas.

chamamos "deliberar e decidir". Por meio dele nos mostramos sábios ou não. É por ele que a folha seca levada pela brisa de outono demonstra maior ou menor inteligência que suas companheiras, caindo sobre o lago ou sobre a terra. O segredo da ação humana na verdade não é segredo algum: algo contrai nossos músculos. Tem importância se damos a essas mudanças estruturais preparatórias o nome de *vontade*?

Brayton ficou em pé e se preparou para recuar e afastar-se da cobra, se possível sem perturbá-la, e fugir pela porta. É assim que os homens se retiram da presença dos grandes, pois grandeza é poder e o poder é uma ameaça. Ele sabia que podia andar para trás sem medo de errar. Caso o monstro o seguisse, o mesmo mau gosto que havia entupido as paredes de quadros providenciara uma prateleira repleta de armas orientais mortais, e ele poderia usar uma delas, de acordo com a necessidade.

Enquanto isso, os olhos da serpente queimavam com uma malignidade mais cruel do que antes.

Brayton ergueu o pé direito do chão para recuar um passo. No mesmo momento, sentiu uma tremenda aversão àquela atitude.

"Tenho fama de corajoso", pensou. "Será a coragem, então, nada mais que simples orgulho? Só porque não há ninguém para testemunhar minha vergonha, devo fugir?"

Ele se equilibrou, apoiando a mão direita no encosto de uma cadeira, o pé suspenso no ar.

– Absurdo! – exclamou em voz alta. – Não sou tão covarde que tenha medo de parecer medroso para mim mesmo.

Levantou um pouco mais o pé, dobrando de leve o joelho, e depressa voltou a colocá-lo no chão – alguns centímetros diante do outro! Ele não entendeu como aquilo foi acontecer. Uma tentativa com o pé esquerdo teve o mesmo resultado: ele também acabou à frente do direito. A mão na cadeira agarrava-a com força; seu braço estava reto, um pouco esticado para trás. Era como se ele relutasse em soltá-la. A cabeça malévola da serpente ainda se projetava da volta interna do corpo como antes, nivelada com o pescoço. Ela não se movera, mas seus olhos agora eram chispas de eletricidade, irradiando uma infinidade de agulhas luminosas.

O homem estava pálido. Deu de novo um passo à frente, e mais um, meio que arrastando a cadeira, que afinal foi solta e caiu no chão com um estrondo. Ele gemeu; a serpente não fez nenhum som ou movimento, mas seus olhos eram dois sóis ofuscantes. Sequer se via o próprio réptil por trás deles. Emitiam anéis de cores vívidas e ricas, que se expandiam para em seguida desaparecerem como bolhas de sabão; pareciam chegar até o rosto de Brayton, e apesar disso estavam a enorme distância dele.

Ele ouviu, em algum lugar, o ecoar contínuo de um grande tambor, com fragmentos erráticos de uma música longínqua, de uma suavidade inconcebível, como os sons de uma harpa eólica[70]. Ele reconheceu a melodia do nascer do sol da estátua de Memnon[71], e sentiu-se junto aos juncos das margens do rio Nilo[72], escutando enlevado aquele hino imortal através do silêncio dos séculos.

A música cessou. Ou melhor, foi se tornando cada vez mais distante, como o ribombar de uma tempestade que se afasta. Uma paisagem, reluzente de sol e chuva, estendia-se diante dele, encimada por um vívido arco-íris que emoldurava com sua cur-

---

[70] A *harpa eólica* é um instrumento musical antigo, cujas cordas são tocadas pelo vento, não por uma pessoa. Foi popular durante o Romantismo, no final do século XVIII ao início do XIX.

[71] A estátua "cantante" de Memnon pertence a um par de imensas representações em pedra do faraó Amenhotep III, que existem até hoje nas ruínas de Tebas, antiga cidade egípcia. Diz-se que, em 27 a.C., um terremoto destruiu sua metade superior e, a partir daí, a parte de baixo passou a emitir sons musicais pouco antes do nascer do sol. Supõe-se que o som fosse produzido pela evaporação do orvalho acumulado dentro da pedra porosa. O "canto" da estátua deixou de ser ouvido em 196 d.C.

[72] O *Nilo* é um importante rio da África, que nasce pouco abaixo da linha do Equador, corre para o norte, atravessando 11 países, e deságua, através de um delta, no Mediterrâneo. Em suas margens desenvolveu-se a civilização egípcia, uma das mais antigas e importantes da história mundial. Com cerca de 6.800 km de extensão, o Nilo disputa com o Amazonas o título de rio mais longo do mundo.

vatura gigantesca uma centena de cidades visíveis. A meia distância, uma serpente imensa, adornada com uma coroa, ergueu a cabeça acima de suas circunvoluções volumosas, fitando-o com os olhos da já falecida mãe dele. De repente, a paisagem encantadora pareceu elevar-se depressa, como a cortina de um teatro, e desapareceu num clarão.

Alguma coisa o golpeou com força no rosto e no peito. Ele tinha caído ao chão, e o sangue escorria de seu nariz quebrado e dos lábios feridos. Ficou entorpecido e atordoado por algum tempo, caído, de olhos fechados e rosto colado ao chão. Daí a pouco se recuperou, e percebeu que a queda o fizera desgrudar seus olhos dos da cobra, quebrando o feitiço que o prendia. Sentia agora que, se mantivesse afastado o olhar, seria capaz de sair dali. Mas a ideia de que, embora não a visse, a serpente estava a poucos metros de sua cabeça, talvez prestes a lançar-se sobre ele e enrolar-se em sua garganta, era horrível demais!

Ele ergueu a cabeça, fitou outra vez os olhos fatais e caiu de novo prisioneiro.

A cobra não se mexera, e parecia de alguma forma ter perdido o poder sobre a imaginação dele: as ilusões magníficas de instantes atrás não se repetiram. Sob a testa achatada e sem cérebro os olhos negros e lustrosos simplesmente brilhavam como no princípio, com uma expressão de indizível perfídia. Era como se a criatura, certa da vitória, tivesse resolvido não mais usar ardis sedutores.

Seguiu-se uma cena apavorante. O homem estendido de bruços no chão, a um metro do inimigo, ergueu a parte de cima do corpo sobre os cotovelos, a cabeça jogada para trás, as pernas esticadas. Sua face lívida estava manchada de sangue; seus olhos arregalavam-se ao máximo. Ele espumava por entre os lábios, a espuma caindo em flocos. Fortes convulsões percorreram-lhe o corpo, produzindo ondulações quase serpentinas. Ele se dobrou para trás, agitando as pernas de um lado a outro, e cada movimento o aproximava um pouco mais da serpente. Ele estendeu as mãos para a frente, tentando se apoiar para recuar, mas mesmo assim continuou avançando sobre os cotovelos.

O dr. Druring e sua esposa estavam sentados na biblioteca. O cientista exibia um raro bom humor.

– Acabo de conseguir, numa troca com outro colecionador, um esplêndido espécime de *Ophiophagus* – disse ele.

– E o que é isso? – a mulher perguntou, sem muito interesse.

– Ora, francamente, quanta ignorância! Minha querida, um homem que descobre após o casamento que sua esposa não sabe grego deve ter direito ao divórcio! O *Ophiophagus* é uma serpente que come outras serpentes[73].

– Espero que ela coma todas as suas – retrucou ela, ajeitando distraída a lâmpada. – Mas como ela pega as outras serpentes? Suponho que use algum encantamento.

– Isso é a sua cara, querida – disse o doutor, fingindo petulância. – Você sabe como me irrita qualquer alusão a essa superstição vulgar de que as serpentes têm um poder hipnótico.

A conversa foi interrompida por um grito retumbante, que soou através da casa silenciosa como a voz de um demônio berrando numa tumba! De novo e de novo o grito soou, com uma nitidez terrível. Eles se puseram de pé num salto, o homem confuso, a mulher pálida e muda de susto. Nem bem os ecos do último grito desapareceram e o doutor estava fora da sala, voando escadaria acima e galgando-a de dois em dois degraus. No corredor diante do quarto de Brayton encontrou os criados que tinham vindo do andar de cima. Juntos lançaram-se sobre a porta, que estava destrancada e abriu-se sem resistência.

Brayton jazia de bruços no chão, morto. Parte de sua cabeça e braços estavam debaixo da cama. Eles puxaram o corpo e o

---

[73] O gênero *Ophiophagus* (em grego, "comedor de serpentes"), aparentado às najas, é formado por uma única espécie, *Ophiophagus hannah*, conhecida como cobra-real. Nativa do Sudeste Asiático, é venenosa e chega a atingir 4 m de comprimento.

viraram, deitando-o de costas. Sangue e espuma cobriam o rosto e os olhos abertos estavam arregalados. Uma visão horrenda!

– Morreu de ataque – disse o cientista, ajoelhando-se e pondo a mão sobre o coração do sujeito.

Naquela posição, ele olhou por acaso para debaixo da cama.

– Bom Deus! – acrescentou. – Como essa coisa veio parar aqui?

Ele esticou o braço por baixo da cama, tirou de lá a serpente e a arremessou, ainda enrolada, para o centro do quarto; com um som áspero, ela deslizou pelo chão polido até parar junto à parede, permanecendo imóvel.

Era uma serpente empalhada; seus olhos eram dois botões.

V

O TESOURO NA FLORESTA

H. G. Wells

A canoa agora se aproximava da terra. A baía descortinava-se diante deles e, nos recifes[74], uma passagem interrompia a espuma branca da arrebentação, assinalando o ponto onde um riacho desaguava no

---

[74] *Recifes* são barreiras naturais submersas, situadas logo abaixo da superfície do mar, ao longo das costas oceânicas. Alguns recifes são rochosos, como os que existem ao longo da costa de Pernambuco e deram nome à capital do estado, Recife. Os mais conhecidos, porém, são os *recifes de coral*, grandes formações de calcário produzidas por colônias extensas de organismos chamados corais; são mais desenvolvidos e exuberantes em regiões tropicais, principalmente no Sudeste Asiático, na Austrália e no Caribe. No Brasil, os recifes de coral ocorrem na costa da região Nordeste.

mar. Numa colina distante, o curso do rio era revelado, encosta abaixo, pelo verde mais espesso e profundo da mata virgem. Neste local a floresta chegava perto da praia. Muito longe, difusas e quase com a textura de nuvens, erguiam-se as montanhas, como ondas que subitamente tivessem se solidificado. O mar estava calmo, exceto por uma ondulação quase imperceptível. O céu era luminoso.

O homem com o remo entalhado deteve-se.

– Devia estar em algum lugar por aqui – disse. Ele recolheu o remo para bordo e esticou os braços diante de si.

O outro homem estivera na parte dianteira da canoa, examinando o litoral com atenção. Tinha sobre o joelho um pedaço de papel amarelo.

– Venha aqui dar uma olhada nisto, Evans – disse.

Ambos falavam em voz baixa, e seus lábios estavam duros e secos.

O homem chamado Evans percorreu o barco, balançando junto com o mar, e aproximou-se até poder olhar por cima do ombro do companheiro.

O papel tinha a aparência de um mapa grosseiro. De tanto ser dobrado estava todo amarrotado, tão gasto que se rasgava nas dobras, e o outro homem o segurava de modo a manter juntos os fragmentos onde eles se separavam. Mal se podia distinguir, desenhado a lápis em traços quase apagados, o contorno da baía.

– Este aqui é o recife e esta é a passagem – disse Evans. Ele deslizou a unha do polegar pelo mapa. – Esta linha toda curva e torta é o rio... eu bem que tomaria um gole d'água agora... e esta estrela é o lugar.

– Está vendo esta linha pontilhada? – perguntou o homem com o mapa. – É uma reta que vai da abertura no recife até uma moita de palmeiras. A estrela está bem onde a reta cruza o rio. Precisamos marcar esse lugar quando entrarmos na laguna.

– Esquisito – disse Evans, depois de uma pausa. – Que são essas marquinhas aqui? Parecem o desenho de uma casa, ou algo assim, mas não faço a mínima ideia do que esse monte de risquinhos apontando para todos os lados significa. E que escrita é essa?

– Chinês – respondeu o homem com o mapa.

– Claro! Ele era um "china" – exclamou Evans.

– Todos eles eram – disse o homem com o mapa.

Os dois ficaram ali sentados por alguns minutos olhando para a costa, enquanto a canoa vagava lentamente, à deriva. Então Evans olhou para o remo.

– Agora é sua vez de remar, Hooker – disse.

Seu companheiro dobrou o mapa em silêncio, guardou-o no bolso, passou com cuidado por Evans e começou a remar. Tinha movimentos lânguidos, como os de alguém cujas forças estivessem quase no fim.

Com olhos semicerrados, Evans observava a espuma da arrebentação no coral chegando mais e mais perto. O céu parecia uma fornalha agora, pois o sol estava próximo ao zênite[75]. Embora estivessem tão próximos do Tesouro, ele não sentia a euforia que imaginara. A excitação intensa da briga pelo mapa e a longa viagem noturna a partir do continente naquela canoa sem provisões tinham, para usar sua própria expressão, "acabado com ele". Ele tentou se animar, direcionando a mente para os lingotes que os chineses tinham mencionado, mas ela não se deteve neles. Ela retornou de imediato para o pensamento da água deliciosa que se agitava no rio, e para a secura quase insuportável de seus lábios e garganta. O embate rítmico das ondas contra os recifes tornava-se audível agora, e o som era agradável a seus ouvidos. A água fluía ao longo dos flancos da canoa, e o remo gotejava cada vez que saía da água. Evans então começou a cochilar.

Ele ainda estava vagamente consciente da ilha, mas uma textura estranha de sonho entremeava-se às suas sensações. Mais uma vez era a noite em que ele e Hooker descobriram o segredo dos chineses; eles viram as árvores iluminadas pela lua, a pequena

---

[75] Ponto mais alto do céu.

fogueira ardendo e os vultos negros dos três chineses – um lado prateado pelo luar, o outro refulgindo com o brilho do fogo –, e os ouviram conversando entre si; comunicavam-se em um inglês macarrônico, pois vinham de províncias diferentes. Hooker fora o primeiro a pegar o sentido da conversa, e fizera um sinal a Evans para que prestasse atenção. Alguns trechos da conversa eram inaudíveis e outros eram incompreensíveis. Um galeão espanhol das Filipinas[76] irremediavelmente encalhado e seu tesouro enterrado até que alguém viesse buscá-lo constituíam o pano de fundo da história; a tripulação vítima do naufrágio, dizimada pela enfermidade, por brigas e pela necessidade de impor disciplina, partindo por fim nos botes, para nunca mais dar notícias. Então Chang-hi, apenas um ano atrás, ao desembarcar na praia, deparara-se com os lingotes ali escondidos por duzentos anos e, desertando de seu junco[77], os havia enterrado em outro lugar com infinito empenho, sem qualquer ajuda, porém de modo muito seguro. Tomara bastante cuidado com a questão da segurança; era um segredo todo seu. Agora queria ajuda para voltar e desenterrar o tesouro. Naquele instante o pequeno mapa se agitara e as vozes se calaram. Que bela história para dois britânicos desocupados, sem eira nem beira, ouvirem!

O sonho de Evans vagueou até o momento em que sua mão havia agarrado o rabicho trançado de Chang-hi[78]. A vida de um chinês não tinha nada de sagrado para um europeu. O rosto miúdo e astucioso de Chang-hi, a princípio alerta e furioso como o de uma serpente alarmada, e a seguir temeroso, traiçoeiro e digno de lástima, projetou-se no sonho com imenso destaque. Por fim, Chang-hi sorriu, um sorriso incompreensível e inesperado. De repente as coisas ficaram bem desagradáveis, como muitas vezes acontece nos sonhos.

---

[76] As *Filipinas* são um enorme arquipélago situado no Sudeste Asiático, ao qual os europeus chegaram em 1521; foram colônia espanhola até 1898.

[77] Tipo de embarcação a vela da China, em uso até os dias de hoje.

[78] Em certas regiões da China, era tradicional raspar a frente da cabeça e deixar crescer o resto do cabelo, trançando-o em um longo rabicho na parte de trás da cabeça.

Chang-hi soltou um palavrório cheio de ameaças. No sonho, Evans viu pilhas e pilhas de ouro, e Chang-hi metendo-se à sua frente e lutando para impedir que ele as alcançasse. Evans agarrou Chang-hi pelo rabicho. Como era grande aquele brutamontes amarelo, e como ele lutava e sorria! E continuava aumentando em tamanho, também.

Então as pilhas faiscantes de ouro transformaram-se em uma fornalha abrasadora, e um enorme demônio, incrivelmente parecido com Chang-hi, mas com uma imensa cauda negra, começou a alimentar Evans com carvões.

Eles queimaram sua boca de um modo terrível. Outro demônio gritava seu nome:

– Evans, Evans, seu idiota dorminhoco!

Ou seria Hooker gritando?

Ele acordou. Estavam na entrada da laguna.

– Lá estão as três palmeiras. Deve estar numa linha reta com aquele maciço de arbustos – disse seu companheiro. – Marque isso. Se formos até os arbustos e então entrarmos no mato numa linha reta desde aqui, chegaremos ao lugar quando atingirmos o riacho.

Eles agora podiam ver o ponto onde o rio desembocava. Isso reanimou Evans.

– Depressa, homem. Ou, por Deus, vou ter que beber água do mar! – disse. Ele mordeu a própria mão e fixou o olhar no brilho prateado entre as rochas e a massa verde. Então voltou-se para Hooker de um modo quase feroz. – Me dê esse remo.

Por fim chegaram à boca do rio. Depois de navegarem um pouco curso acima, Hooker juntou uma porção de água na mão em concha, provou-a e cuspiu. Um pouco mais adiante, tentou de novo.

– Já serve – disse, e eles começaram a beber ansiosamente.

– Maldição, assim é lento demais – exclamou Evans de repente. E, debruçando-se de modo perigoso por cima da parte dianteira da canoa, passou a sorver a água com os lábios diretamente da superfície.

Por fim terminaram de beber e, entrando com a canoa por um pequeno afluente, cogitaram desembarcar em meio à densa vegetação que se projetava por cima da água.

— Precisaríamos abrir caminho até a praia para encontrar nossos arbustos e traçar a reta até o lugar – observou Evans.

— Vai ser melhor dar a volta de barco – concordou Hooker.

Eles retornaram, portanto, para o rio e remaram de volta para o mar, e em seguida ao longo da praia até o lugar onde estavam os arbustos. Aí desembarcaram, puxaram a canoa leve bem para o alto da praia e então subiram em direção à borda da mata, até conseguirem ver a abertura nos recifes e os arbustos numa linha reta. Evans havia trazido da canoa uma ferramenta nativa. Tinha forma em L, e a peça transversal estava armada com pedra polida.

— Agora é uma reta nesta direção – disse Hooker, que carregava o remo. – Devemos atravessar esta vegetação até encontrarmos o rio. Então vamos ter que vasculhar a área.

Abriram caminho por entre um emaranhado de caniços, folhas largas e árvores jovens, a princípio avançando com dificuldade, mas logo as árvores ficaram maiores e o terreno se abriu diante deles. O calor do sol foi substituído pela temperatura amena sob a sombra fresca. Por fim as árvores se tornaram imensos pilares que se erguiam até o dossel[79] verde, a grande altura acima deles. Pálidas flores brancas pendiam de seus talos e longas trepadeiras cruzavam de uma árvore a outra. A sombra se aprofundou. No solo, fungos todos manchados e uma incrustação marrom-avermelhada tornaram-se frequentes.

Evans estremeceu.

— Parece quase frio aqui depois do calor sufocante lá fora.

— Espero que continuemos em linha reta – disse Hooker.

Logo eles viram, bem lá adiante, uma abertura na escuridão sombria, onde raios brancos de sol quente penetravam na flores-

---

[79] *Dossel* é a parte mais alta da floresta, onde a folhagem entrelaçada das copas das árvores forma uma cobertura vegetal contínua.

ta. Havia também um sub-bosque[80] verde-vivo, e flores coloridas. Então ouviram o barulho da correnteza.

– Aí está o rio. Devemos estar perto agora – disse Hooker.

A vegetação era espessa na beira do rio. Grandes plantas, talvez desconhecidas, cresciam entre as raízes das árvores altas, abrindo-se em rosetas de imensos leques verdes que apontavam para a réstia de céu. Muitas flores e uma trepadeira de folhagem reluzente agarravam-se aos galhos expostos. Na superfície do remanso amplo e calmo que os caçadores de tesouro tinham agora diante de si, flutuavam grandes folhas ovais, e uma flor lustrosa, branco-rosada, não muito diferente de uma ninfeia[81]. Mais adiante, onde o rio descrevia uma curva, afastando-se deles, de repente a água tornava-se turbulenta, numa corredeira ruidosa.

– E aí? – perguntou Evans.

– Desviamos um pouco da reta – disse Hooker. – Era de se esperar.

Ele se virou e olhou a sombra escura e fresca da floresta silenciosa lá atrás.

– Se explorarmos um pouco as margens rio acima e rio abaixo devemos encontrar algo – afirmou.

– Você disse... – começou Evans.

– Ele disse que havia uma pilha de pedras – falou Hooker.

Os dois homens se entreolharam por um instante.

– Vamos tentar primeiro descer um pouco ao longo do rio – sugeriu Evans.

Eles avançaram devagar, olhando curiosos ao redor. De repente Evans deteve-se.

– Que diabos é aquilo? – perguntou.

Hooker seguiu o dedo que apontava.

---

[80] *Sub-bosque* é a vegetação mais baixa da floresta, formada por ervas, arbustos e árvores jovens.
[81] As *ninfeias* são plantas aquáticas cujas folhas flutuam na superfície de lagos e rios de águas lentas, presas por longos talos às raízes que se fixam no sedimento do fundo. Quando florescem, suas grandes flores de cor clara (branca, rosa, amarela ou lilás) abrem-se também acima da superfície. São parentes da grande vitória-régia, típica das águas da Amazônia e Pantanal.

— Alguma coisa azul – respondeu. Era algo que ficara à vista quando eles galgaram uma pequena elevação do terreno. Então ele começou a distinguir o que era.

Ele se adiantou subitamente com passos apressados, até que o corpo que pertencia à mão e ao braço inertes ficou visível. Apertou com mais força a ferramenta que trazia. Diante deles tinha o vulto de um chinês caído de bruços. A forma como estava esparramado era inconfundível.

Os dois homens chegaram mais perto, e ficaram olhando em silêncio o cadáver sinistro. Ele jazia em uma clareira entre as árvores. Nas proximidades estava uma pá em estilo chinês, e um pouco mais adiante havia uma pilha de pedras toda espalhada, ao lado de um buraco recém-aberto.

— Alguém já esteve aqui – disse Hooker, limpando a garganta.

Então de repente Evans começou a praguejar furioso, batendo os pés no chão.

Hooker ficou lívido, mas não disse nada. Ele se aproximou do corpo caído. Viu que o pescoço estava intumescido e roxo, as mãos e tornozelos inchados.

— Bah! – ele disse, e de repente virou de costas e foi até a escavação. Soltou uma exclamação de espanto, e gritou para Evans que o seguia com passo lento. – Seu tolo! Está tudo bem, ainda está aqui!

Ele se virou outra vez e olhou o chinês morto, e então olhou de novo o buraco.

Evans foi correndo até a escavação. Já meio expostas, junto aos restos do pobre-diabo ali do lado, estavam várias barras de um amarelo opaco. Ele se inclinou para dentro do buraco e, afastando a terra com as mãos nuas, tirou ansioso uma das pesadas massas sólidas. Ao fazer isso, um pequeno espinho espetou-lhe a mão. Ele removeu com os dedos o delicado ferrão e ergueu o lingote.

— Só ouro ou chumbo poderiam pesar tanto assim – exclamou, exultante.

Hooker ainda olhava o chinês morto. Estava intrigado.

– Ele passou a perna nos amigos – disse, por fim. – Veio até aqui sozinho, e alguma serpente venenosa o matou... Eu me pergunto como ele encontrou o lugar.

Evans ergueu-se, com o lingote nas mãos. O que importava um chinês morto?

– Temos de levar todo esse ouro para o continente aos poucos, e enterrar em algum lugar por enquanto. Como vamos carregar isso até a canoa?

Ele tirou o casaco e estendeu-o no chão, jogando sobre ele dois ou três lingotes. Descobriu que mais um diminuto espinho perfurara sua pele.

– Não podemos carregar mais do que isto – disse. E então, num acesso repentino de irritação. – O que é que você está olhando?

Hooker voltou-se para ele.

– Não consigo aguentar... ele – acenou com a cabeça na direção do corpo. – Parece tanto com...

– Besteira – retrucou Evans. – Todos os chineses são iguais. Hooker encarou-o.

– De qualquer modo, vou enterrá-lo antes de ajudar você com isso aí.

– Não seja idiota, Hooker – disse Evans. – Esse monte de podridão pode esperar.

Hooker hesitou, e seus olhos passaram com atenção pela terra marrom ao redor deles.

– Por algum motivo ele me deixa apavorado – respondeu.

– O problema é o seguinte – disse Evans. – Que fazemos com estes lingotes? Devemos enterrá-los de novo aqui mesmo ou levá-los para o outro lado do estreito na canoa?

Hooker pensou um pouco. Seu olhar intrigado vagueou entre os troncos altos e subiu até a folhagem distante e ensolarada acima deles. Estremeceu de novo quando os olhos pousaram outra vez no vulto azul do chinês. Depois ele vasculhou atentamente as profundezas cinzentas por entre as árvores.

– O que está acontecendo com você, Hooker? – indagou Evans. – Ficou maluco?

– Seja como for, vamos tirar o ouro deste lugar – disse Hooker.

Ele agarrou as pontas da gola do casaco e Evans pegou do outro lado, e ambos ergueram a carga preciosa.

– Em que direção? – perguntou Evans. – Para a canoa?

– É esquisito – disse ele quando haviam avançado apenas alguns passos –, mas meus braços ainda estão doendo de tanto remar.

– Maldição! – reclamou. – Como doem! Preciso descansar.

Pousaram o casaco no chão. O rosto de Evans estava branco, e gotículas de suor brotaram em sua testa.

– Por alguma razão está abafado aqui na floresta – disse, e então, numa transição abrupta para a fúria irracional: – Que adianta ficar aqui esperando o dia inteiro? Ajude-me, vamos. Você parece estar no mundo da lua desde que viu o chinês morto.

Hooker olhava fixamente o rosto de seu companheiro. Ajudou a erguer o casaco com os lingotes e eles avançaram talvez uns cem metros em silêncio. Evans começou a respirar pesado.

– Você não consegue falar? – perguntou.

– O que há com você? – estranhou Hooker.

Evans tropeçou e, com uma praga súbita, jogou o casaco para longe de si. Ficou por um instante olhando para Hooker, e então deu um gemido, agarrando a própria garganta.

– Não chegue perto de mim – disse, indo encostar-se em uma árvore; e completou com voz um pouco mais firme: – Em um minuto vou estar melhor.

Ele soltou o tronco da árvore e deslizou ao longo do lenho, até desabar como uma trouxa aos pés dela. Suas mãos apertavam-se convulsivamente e a face contorceu-se de dor.

Hooker veio para perto dele.

– Não me toque! Não me toque! – exclamou Evans numa voz abafada. – Coloque o ouro de volta no casaco.

– Não tem nada que eu possa fazer por você? – perguntou Hooker.

– Ponha o ouro de volta no casaco.

Ao manusear os lingotes, Hooker sentiu uma picada na polpa do polegar. Olhou para a mão e viu um espinho delgado, com talvez cinco centímetros de comprimento.

Evans soltou um grito inarticulado e rolou pelo chão.

Hooker ficou boquiaberto. Ele contemplou o espinho por um instante, com olhos arregalados. Então desviou o olhar para Evans, que agora estava encolhido no chão, as costas curvando-se e endireitando-se, espasmodicamente. Em seguida olhou através dos pilares das árvores e do emaranhado de caules de trepadeiras, para o ponto onde o corpo vestido de azul do chinês ainda se entrevia nas tênues sombras cinzentas. Ele pensou nos risquinhos no canto do mapa, e num instante compreendeu.

– Que Deus me ajude! – exclamou. Pois os espinhos eram semelhantes àqueles que os dyaks envenenam e usam em suas zarabatanas[82]. Ele agora entendia por que Chang-hi tinha tanta certeza de que seu tesouro estava seguro. Ele agora entendia aquele sorriso.

– Evans! – gritou.

Mas Evans estava silencioso e imóvel, exceto pelas horríveis contrações espasmódicas de seus membros. Um profundo silêncio pairava sobre a floresta.

Hooker começou a sugar furiosamente o pequenino ponto rosado na ponta do polegar. Então sentiu uma dor estranha nos braços e ombros, e pareceu-lhe difícil dobrar os dedos. E soube que sugar não adiantaria de nada.

Ele parou de repente, sentou-se junto à pilha de lingotes e, apoiando o queixo nas mãos e os cotovelos nos joelhos,

---

[82] Os *dyaks*, mais conhecidos como *dayaks*, formam uma etnia indígena do sul e oeste de Bornéu, ilha situada no Sudeste Asiático. Existem atualmente mais de 2 milhões de dayaks, a maioria vivendo em pequenas povoações à margem de rios. Uma de suas formas tradicionais de caça é o uso da *zarabatana*, um longo tubo oco de madeira, muito fino, no qual são introduzidos dardos embebidos em veneno.

ficou olhando o corpo contorcido e ainda agitado de seu companheiro. O sorriso de Chang-hi veio-lhe de novo à mente. A dor surda se espalhou até sua garganta e foi aumentando aos poucos. Bem lá em cima, uma brisa suave agitou a folhagem, e as pétalas brancas de alguma flor desconhecida caíram lentamente através da penumbra.

OS AUTORES

Edgar Allan Poe

Edgar Allan Poe nasceu em Boston, Estados Unidos, em 1809. Órfão aos dois anos de idade, ele teve uma vida atormentada, foi adotado por um comerciante que lhe deu uma boa educação, mas com quem acabou brigando após ser expulso da Universidade da Virgínia, e depois da academia militar de West Point. Passou então a dedicar-se à literatura, e trabalhou em vários jornais. Em 1836, casou-se com sua prima Virginia Clemm. O casamento, marcado por uma situação econômica sempre ruim, terminou com a morte de Virginia, em 1847. Arrasado com a viuvez, Poe entregou-se cada vez mais à bebida, e morreu em 1849, aos quarenta anos de idade.

Poe tinha grande curiosidade pelos mais diversos assuntos: física, medicina, política, tecnologia, histórias de horror, investigações policiais, poesia, jornalismo... A lista de seus interesses é quase interminável, e como escritor ele fez bom uso das informações que encontrava. Foi um dos primeiros grandes escritores de contos de terror, de mistério e de ficção científica. Escreveu poesias e estudos filosóficos, foi jornalista e editou jornais e revistas. Alcançou respeito como crítico literário, e até hoje influencia escritores importantes.

Mas, na época em que viveu, as editoras dos Estados Unidos preferiam piratear textos publicados na Inglaterra a terem de pagar direitos autorais aos escritores nacionais. Resultado: apesar de uma enorme produção de textos, e de ser um dos mais importantes escritores estadunidenses na época,

Edgar Allan Poe morreu pobre, sem nunca ter conseguido viver dignamente de sua arte.

O conto "The Oblong Box" foi publicado pela primeira vez em 1844, primeiro em um jornal da Filadélfia e depois em *Godey's Lady's Book*, publicação periódica voltada para as mulheres. Estudiosos da obra de Poe o incluem entre suas histórias de detetive, gênero do qual ele é considerado fundador. Um aspecto curioso, porém, é que neste caso, o "investigador" se deixa levar por suas próprias teorias sem fundamento, chegando a conclusões erradas.

Ao escrever esta história, Poe pode ter se inspirado em um fato verídico, ocorrido em Nova York e bastante famoso à época. Em 1841, três anos antes da publicação do conto, John Colt (irmão de Samuel Colt, inventor do revólver Colt) assassinou Samuel Adams, a quem devia dinheiro, e o acondicionou em um caixote (que, segundo os jornais, seria oblongo), despachando-o como carga em um paquete. Durante o julgamento, especulou-se que Colt teria salgado a vítima ao encaixotá-la, e esse fato foi divulgado pela imprensa, na época. Uma curiosidade: o crime se deu na rua Chambers, que Poe cita neste conto como sendo onde se situa o apartamento de Wyatt.

É interessante notar que, ao final, o que tira o sono do narrador não é a cena de Wyatt afundando junto com a caixa, mas a gargalhada do artista diante de sua concepção errada dos fatos. O que assombra o narrador, portanto, não é o horror da morte, mas o fato de ter feito papel de tolo!

H. P. Lovecraft

Howard Phillips "H. P." Lovecraft (1890-1937) escreveu contos de horror, fantasia e ficção científica. Nascido em Providence, Rhode Island, nos Estados Unidos, teve uma vida curta e repleta de problemas de saúde e financeiros. De formação autodidata – sua frágil saúde o impediu de frequentar uma universidade –, publicou muito pouco durante a vida, na maioria poemas, artigos sobre astronomia, crônicas em jornais, contos esparsos em revistas e publicações já na época chamadas *Pulp*. Durante toda a vida manteve correspondência com inúmeros amigos e escritores, e foram eles que conseguiram, após a morte do autor, reunir seus escritos e publicá-los.

Lovecraft produziu textos pessimistas e cínicos, influenciados por sua paixão pela mitologia, e os personagens em suas histórias enfrentam horrores sombrios e inevitáveis. Seu Ciclo de Cthulhu, que apresenta seres poderosos, extraterrestres e muito anteriores à humanidade, constitui-se hoje em um dos maiores clássicos da literatura de horror, fazendo com que o autor seja considerado um dos escritores do gênero mais influentes do século XX. Seus textos dirigidos para o estranho, o bizarro, o inimaginável, o assustador, foram precursores de muito do que se escreve hoje em dia.

Escrito em 1905, quando Lovecraft tinha catorze anos, "A fera na caverna" (cujo título original é "The Beast in the Cave") foi um de seus primeiros contos, e já demonstra sua familiaridade com o macabro. Foi publicado apenas em 1918, no periódico amador *Vagrant*. Anterior ao ciclo de Cthulhu, foi escrito sem que Lovecraft tivesse visitado a caverna Mammoth, pois, como tinha saúde delicada, o autor nunca viajou na infância e na adolescência; mas parece ter havido muitas matérias jornalísticas sobre a caverna na época em que esse conto foi escrito e, portanto, ele pode ter conhecido o assunto por meio de tais leituras.

A ideia central deste conto é a de que um ser humano condenado a viver, por longos anos, na escuridão e no isolamento de uma caverna acabaria adquirindo as características de um organismo troglóbio. A escrita em primeira pessoa (com o próprio personagem narrando os fatos) é uma técnica bastante utilizada por Lovecraft, assim como por muitos autores de horror, como Poe, para criar uma identificação com o leitor e fazê-lo sentir empatia pelos personagens e pelos acontecimentos macabros que são narrados – além de causar um frio na espinha, é claro!

Phil Robinson

Philip Stewart Robinson (1842-1902), jornalista, escritor e naturalista britânico, nasceu na Índia, em 1847. Viajando pelo mundo como correspondente de jornais, esteve no Afeganistão, na África, nos Estados Unidos e na Austrália. Em 1898, enquanto cobria uma guerra em Cuba, foi preso e adoeceu, ficando com a saúde abalada até o fim da vida. Morreu em 1902.

Era comum, no século XIX, estudiosos e cientistas naturais da Grã-Bretanha (como chamamos o Reino Unido da Grã-Bretanha e Irlanda do Norte) viajarem por países que faziam parte de seu Império: colônias, protetorados e outros domínios. A Índia, os Estados Unidos, a África do Sul, o Canadá, a Austrália, a Nova Zelândia foram alguns desses locais, administrados pelo Reino Unido por períodos de tempo variados.

Robinson foi um dos primeiros autores a escrever sobre a Índia e a natureza exuberante e única desse país tropical. De escrita agradável e perspicaz, tornou-se conhecido pelo modo descontraído e bem-humorado como tratava a vida cotidiana, até mesmo os contratempos, em suas narrativas. Era apreciado, por exemplo, por Rudyard Kipling, autor de *O livro da selva* (1894), romance adaptado para o cinema pelos Estúdios Disney como *Mogli, o Menino-Lobo* (1967).

O conto que apresentamos neste livro, com o título original de "The Man-Eating Tree", foi publicado em uma coletânea do autor, em 1881.

Histórias sobre árvores assassinas fizeram muito sucesso no século XIX e no começo do XX. Narrativas extraordinárias e exageradas mencionavam a árvore *upas*, do Sudeste Asiático, já desde o século XIV. Em 1874, um jornal de Nova York publicou um relato sobre a terrível "árvore canibal" de Madagáscar, o qual, embora fosse uma obra de ficção, foi levado a sério e posteriormente seria citado até em livros de história.

Na época em que o conto foi escrito, a ciência fazia parte do conhecimento obrigatório de um homem culto, e as informações e teorias científicas recentes costumavam ser temas de conversação nas festas da alta sociedade. Neste conto, os erros de história e ciências naturais cometidos por Peregrine Oriel podem ter sido introduzidos de propósito pelo autor, para demonstrar que os relatos do viajante não eram muito confiáveis, confirmando o alerta feito no início da narrativa. Seja como for, o conto brinca com a credulidade do leitor, apresentando a história como se fosse verídica, mas ao mesmo tempo colocando em dúvida a seriedade da pessoa que a conta.

Ambrose Bierce

Ambrose Gwinnett Bierce foi um jornalista e escritor estadunidense. Nascido em 1842 no vilarejo de Horse Cave Creek, no estado de Ohio, foi o décimo de treze irmãos – e todos tinham o nome começando pela letra "A". Não era muito ligado aos pais, profundamente religiosos, e mais tarde usaria a figura deles como personagens em suas histórias, em geral de forma cômica. Embora seu pai fosse um fazendeiro pobre, gostava de ler e reuniu uma boa biblioteca, que foi onde Ambrose adquiriu o amor à leitura. Com quinze anos o jovem saiu de casa, indo morar com um tio militar, que o fez estudar no Instituto Militar do Kentucky. Mas ele não durou muito na instituição, e logo após deixá-la, em 1861, teve início a Guerra da Secessão, guerra civil que ocorreu nos Estados Unidos, opondo os estados do norte e do sul. Ambrose alistou-se no exército do norte, e participou de muitas batalhas que ficaram na história.

Após a guerra, ele passou por vários empregos, e acabou trabalhando com jornalismo e literatura. Dedicou-se a escrever resenhas, poemas, contos, ensaios, e com seu senso de humor ferino ganhou a apreciação do público, mas também muitos inimigos. Foi considerado uma importante autoridade literária nos Estados Unidos à época. Escreveu quase cem contos, alguns narrando experiências de guerra, e muitos outros com temática sobrenatural; com frequência escreveu sobre fantasmas. Suas histórias caracterizam-se pela brevidade, sutileza e meticulosidade dos detalhes. Sua obra influenciou muitos importantes escritores de terror. No Brasil, é praticamente desconhecido do grande público, salvo por seu *Dicionário do Diabo*, obra em que reuniu verbetes humorísticos anteriormente publicados como aforismos em jornais.

Em 1913, com 71 anos, acredita-se que ele foi para o México, onde ocorria uma revolta armada contra o governo ditatorial do país. Em sua última carta, datada de dezembro daquele ano, teria escrito a um amigo que partiria no dia seguinte para "um destino desconhecido". A seguir, desapareceu sem deixar qualquer vestígio, e até hoje não se sabe o que realmente lhe aconteceu.

Neste conto, publicado em 1890 com título original de "The Man and the Snake", o autor construiu um clima aterrorizante que surpreende o leitor com o final. Somente após a primeira leitura nos damos conta de que, assim como o personagem, fomos totalmente enganados...

H. G. Wells

Herbert George "H. G." Wells foi um autor inglês muito prolífico, que escreveu não só romances e contos, mas também tratados de história e análises sociais. Nascido em 1866, aos sete anos passou por um episódio que definiu sua vida: ao ficar de cama, com uma perna quebrada, começou a ler para passar o tempo, e apaixonou-se pelos novos mundos descobertos por meio da leitura. Durante sua vida foi um respeitado pensador socialista. Após sua morte, em 1946, porém, passou a ser mais lembrado como um dos pais da ficção científica.

Formado em biologia, tinha grande conhecimento de ciência, que usou em vários de seus livros, os quais à época foram chamados de "romances científicos". Seus livros de ficção científica mais conhecidos são *A máquina do tempo* (1895), *A ilha do doutor Moreau* (1896), *O homem invisível* (1897) e *A guerra dos mundos* (1898). A maioria de seus livros teve o enredo adaptado para o cinema, e algumas ideias centrais de seus contos ou novelas seriam também utilizadas em séries de televisão.

O conto "The Treasure in the Forest" foi publicado inicialmente no periódico *Pall Mall Budget*, em 1894. No ano seguinte, foi incluído em *The Stolen Bacillus and Other Incidents* (*O bacilo roubado e outros incidentes*), a primeira coletânea de narrativas curtas de H. G. Wells.

Este conto demonstra como Wells baseava sua ficção em fatos reais; por exemplo, o remo entalhado e a ferramenta descrita são típicos da cultura tradicional do povo dayak. Os sintomas de envenenamento que ele detalhou correspondem aos efeitos do veneno feito com o látex da árvore *Antiaris toxicaria*. Essa substância, que age sobre o coração levando à morte, é usada por várias culturas nativas (inclusive os próprios dayaks) em dardos envenenados parecidos com os descritos no conto. Uma curiosidade: essa é a árvore *upas*, a mesma citada no conto "A árvore comedora de gente", de Phil Robinson.

AS TRADUTORAS
E ORGANIZADORAS

O ILUSTRADOR

Martha Argel

Martha Argel já publicou inúmeros romances e antologias de literatura fantástica. Tem um carinho especial pelos vampiros, mas também gosta de escrever fantasia, ficção científica e tudo o que parece impossível, emocionante e divertido. Além de escritora, é doutora em ecologia e especialista em ornitologia, tendo trabalhado muitos anos como cientista e na área ambiental. Escreveu também livros-texto de biologia e ciências, para o ensino fundamental e médio, e vários livros de divulgação científica. Divide seu tempo entre São Paulo e Rio de Janeiro, tenta ser vegetariana, pratica observação de aves e é apaixonada por cães.

Rosana Rios

Rosana Rios é autora de literatura fantástica e tem se dedicado ao público leitor infantil e juvenil. Em 25 anos de carreira publicou mais de 130 livros e recebeu alguns prêmios importantes, como o Bienal Nestlé de Literatura, o Cidade de Belo Horizonte e selos "Altamente Recomendável" da Fundação Nacional do Livro Infantil e Juvenil. Foi também finalista do prêmio Jabuti na categoria Literatura Juvenil, em 2008 e 2011. Mora em São Paulo, cidade em que nasceu; trabalhou ainda como roteirista de TV e quadrinhos, tem uma extensa coleção de dragões e é grande defensora da cultura nerd.

Samuel Casal

Samuel Casal trabalha como artista gráfico desde 1990. Já colaborou com importantes publicações nacionais e internacionais como *Superinteressante*, *Folha de S. Paulo* e *Le Monde Diplomatique*. Casal também já ilustrou livros e publicou histórias em quadrinhos na Argentina, França, Alemanha, Bolívia, Chile e Espanha. Premiado duas vezes no Salão Internacional de Desenho para Imprensa de Porto Alegre, o autor já recebeu oito troféus HQMIX (Museu de Artes Gráficas Brasileiro), dos quais três foram de melhor ilustrador brasileiro. O artista vive e trabalha em Florianópolis em sua casa/ateliê na companhia de sua esposa Raquel, suas filhas Bruna e Bianca, quatro cachorros e seis gatos.

Contos de suspense foi composto utilizando
as fontes Adobe Caslon Pro e Harrington.